开学第一课

依据国家教育部和中央电视台

联合主办的《开学第一课》活动

"我爱你，中国！"主题拓展原创版

如果爱是逗号

中央电视台《开学第一课》编写组 编

时代文艺出版社

图书在版编目（CIP）数据

如果爱是逗号 / 中央电视台《开学第一课》编写组编.—2版.
—长春：时代文艺出版社，2016.1（2023.7重印）
（开学第一课）
ISBN 978-7-5387-4937-3

I.①如⋯ II.①中⋯ III.①中国文学—当代文学—作品综合集 IV.①I217.1

中国版本图书馆CIP数据核字（2015）第257186号

出 品 人 陈 琛
责任编辑 徐 薇
装帧设计 孙 利
排版制作 隋淑凤

如果爱是逗号

中央电视台《开学第一课》编写组 编

出版发行 / 时代文艺出版社
地址 / 长春市福祉大路5788号 龙腾国际大厦A座15层 邮编 / 130118
总编办 / 0431-81629751 发行部 / 0431-81629755
官方微博 / weibo.com / tlapress 天猫旗舰店 / sdwycbsgf.tmall.com
印刷 / 北京市一鑫印务有限公司
开本 / 710mm×1000mm 1 / 16 字数 / 120千字 印张 / 12
版次 / 2016年1月第2版 印次 / 2023年7月第3次印刷 定价 / 36.00元

图书如有印装错误 请寄回印厂调换

敬启
　　书中某些作品因地址不详，未能与作者及时取得联系，在此深表歉意。敬请作者见到本书后，通过以下方式与我们联系，我们将按国家规定支付稿酬并赠送样书。
　　E-mail：azxz2011@yahoo.com.cn

《开学第一课》编委会

编委会主任：韩　青　许文广

主　编：许文广

副主编：卢小波

编　委：张雪梅　骆幼伟　张　燕　吴继红

　　　　悠　然　冰　岩　王　佩　王　青

　　　　静　儿　刘　歌　刘　斌　李　萍

　　　　一　豪　明媚三月　大　路　邓淑杰

　　　　李天卿　曾艳纯　郜玉乐　孟　婧

《开学第一课》的价值

有人问我，《开学第一课》的价值体现在什么地方？我认为最重要的就是全社会希望并通过我们传递出来的价值观。多元是时代进步的标志，我们尊重不同的声音和价值理念，但是作为教育部和中央电视台联手举办的一项公益活动，我们要传递的是主流的、与时俱进又符合中华文明传统的价值观。

在2008年，我们通过《开学第一课》传递了抗震精神和奥运精神；2009年正值新中国60周年华诞，我们在象征着民族精神的长城，为孩子们播撒下爱的种子；2010年，我们告诉孩子们，一个拥有梦想的民族，一个不断仰望星空的民族，就是拥有未来的民族，人生的每一个阶段都需要梦想的指引、坚持和探索，而每个人的梦想汇集起来就可能成为国家的梦想、民族的梦想。

举办《开学第一课》三年来，我个人也有一个梦想，我梦想这项目光远大、朝气蓬勃的公益活动能够坚持举办十年，让它给这一代孩子的成长提供正面的、积极向上的力量，这就是《开学第一课》的意义所在。

我希望全社会的力量汇集起来，给孩子们一种价值观的教育，中央电视台愿意承担使命，连同教育部把这项公益活动做好。我们也欢迎全社会各界积极参与、支持，从出版、纸媒、网络、志愿行动、慈善事业等各个方面，加入到这个追逐共同梦想、打造恒久价值的公益活动中来。

由此，我亦十分高兴地看到《开学第一课》系列丛书的出版，我相信时代文艺出版社正是基于我们共同的理想，以出版的力量为孩子们的未来创造了更丰富的阅读食粮，为《开学第一课》的精神理念提供了更多样的传递方式。

中央电视台 许文广

目　录

第六部分　月光下的野餐

003

第七部分　含泪的微笑

第一部分

打往天堂的电话

　　"11，12，13……"我慢慢数着电梯已经到达的层数，想让电梯赶快下来。电梯到了14层，忽然，就听"轰隆隆"一声巨响，电梯旁的数字降到了13，紧接着12，11，10……我清清楚楚地听见电梯每掉一层都发出"咚"的一声，心揪得紧紧的。胆小的我眼睛瞪得大大的，不知所措，像小猫似的紧贴在妈妈身旁。

——刘东《那一瞬间》

一张特殊的照片

张云奕

镇上照相馆那块铮亮的玻璃陈列窗里，贴满了漂亮的彩色照片，让人赏心悦目。照片上那些人的脸上洋溢着幸福的笑容，接受着来来往往的人们的注视。可是，引起人们特别关注的却不是这些漂亮的照片，而是其中一张有些奇怪的照片：年龄相差不大的一个男孩和一个女孩，幸福快乐地笑着。让人奇怪的是，他俩都咧着嘴，吐出了舌头，嘴边还流着口水。也正因为他们这副可爱的"馋样儿"，才使得画面别具一格。

可谁知道这照片后面的动人故事呢？

原来，妹妹有个毛病，总爱不停地流口水。

一天，哥哥带着妹妹去镇上玩。路过一家照相馆，妹妹看到橱窗里有许多照片，每一张照片上的人都面带笑容，十分漂亮。妹妹看着看着，禁不住笑了起来，她多么希望自己也有一张漂亮的照片啊。她不由得上前摸起了照片，但摸着摸着，妹妹脸上的笑容消失了。

哥哥看到妹妹痴痴地看着那些照片，猜出了她的心思，抚摸着她的头问："妹妹，你想拍照吗？"妹妹结结巴巴地回答："想……想拍，可是……我……"妹妹心里越急，就越说不出话来，嘴角的口水也不听话地流了出来。哥哥笑着说："妹妹，你怕什么呀？有哥哥呢，我陪你照！"哥哥的话让妹妹信心倍增，她勇敢地抬起头，握着哥哥的手，连蹦带跳地进了照相馆。

可是，面对着耀眼的灯光，面对着镜头，妹妹又胆怯了，口水也流得更厉害了。她使劲咬住嘴唇，不让口水掉下来，小脸蛋绷得紧紧的，怎么也笑不出来。哥哥见了，走过去，搂着妹妹的肩，轻轻对她说："别怕，妹妹，你看哥哥……"说着，哥哥的舌头往外一咧，嘴角流出了口水，滑稽的样子让妹妹"扑哧"一声笑了。就在她一转头的瞬间，照相馆的叔叔按下了快门。

　　拿到照片的那天，妹妹心花怒放，捧着它，看了好久好久，还把照片拿给小朋友们看，一点儿也不为这张口水照而难为情。

　　照相馆的叔叔也被感动了，善良的哥哥，他宁可忍受别人对他的嘲笑，故意流下口水，也要让妹妹重新找回自信，他的内心是那么纯洁，那么美丽！征得兄妹俩同意后，照相馆的叔叔把照片挂在了橱窗里。

　　一张普通的黑白照片，上面有两个孩子在流口水，他们正看着你，笑得那么灿烂。

（指导教师：孙琦菲）

第一部分　打往天堂的电话

她 和 他

黄 淇

2011年的某个夜晚，一个平静得足以让人遗忘的夜晚。

对于他来说，这个夜晚却是永生难忘的。因为在这一天，他的父母离婚了。他突然觉得世界好像很简单，简单得像离婚协议书上的那几个字。母亲临走前对他说："好好照顾自己，妈会回来看你的！"他苦涩地笑了笑，忍住不让泪水流下。他安静地坐在床上，让泪水放肆地划过脸庞，无助得像一只被人遗弃的小猫。

对于她来说，这个夜晚是幸福的。父母从外面回来了，对着她又亲又抱。带着她出去吃了一顿大餐，买了一身漂亮的衣服。晚上，她蜷缩在母亲的怀里，睡得很甜很甜。她做了一个好梦，而她却不知道，那远在异乡的朋友，正受着怎样的寒冷与痛苦。

那一年，她遇见了他。她刚八岁，而他十岁，他俩很合得来。也许是邻居的原因，他每天早晨都会叫她一起上学。有一天，她挨骂了，原因是给小金鱼喂食太多，可怜的鱼儿被撑死了。她很伤心，他来安慰她。她问他："哥哥，为什么小金鱼会死呢？""嗯……也许，大概……是小金鱼不想活了！""那为什么妈妈怪我呢？""因为她认为是你害死了小金鱼！""那就是妈妈她不对！""嗯……是……是呀！""那哥哥我们去玩，不理妈妈了！""好……好！"他撒了一个谎，善意的谎言，在她心中留下了一条彩虹。

她和他，在童年相遇的地方再次遇见了。

"嗯……槿哥，你好像比我高出……那么多！""嗯，是啊！""槿哥？你怎么了？""我……我爸妈离婚了。""啊？怪不得，你看起来怪怪的。""你快回家吧，你妈妈又在叫你了。""哦，再见了。"

在转角处，她突然很害怕，很害怕父母也会离婚。她望着灰灰的天空，望着白色的浮云，喃喃自语道："至少我还有这样一个朋友！"

（指导教师：周丽）

打往天堂的电话

赵小旭

一个下午，爸爸的话吧十分安静。爸爸在阁楼上做饭，我在话机旁边写作业。

"吱——"门开了，一个十岁左右的女孩走了进来，问道："小哥哥，我可以挂个电话吗？""你请便。"她那几分异乡口音引起了我的好奇，我上下打量她，她身穿一件粉红色的连衣裙，头上还系了个橘黄色的蝴蝶结，也许刚刚参加过什么盛会，要把好消息告诉给谁吧？

她拿起耳机，迟疑了一下，按动了号码。

"妈妈，你好吗？"她的声音带着悲伤的颤抖："妈妈，你不用担心，我在姑姑家生活得很好。姑姑像你一样疼爱我，经常给我做好吃的。妈妈，你放心吧。"她不给对方一点说话的机会，听得出，思念和悲伤的情感占据了她整个心，声音都有些变了。我抬头一看，她的眼睛盈满了泪水。

她背过身去擦了擦泪，停了停，又接着说："妈妈，这里的老师和同学们待我可好了，今天是我的生日……老师和同学们在教师里给我举办生日宴会，同学们送给我好多礼物，老师还给我买了一个好大的蛋糕……当时要是妈妈能来……该有多好啊……"这时小女孩已泪流满面、泣不成声了。我被她的情绪感染，鼻子酸酸的，咽喉像塞了什么似的。

她放下话机，转过身擦去了泪水，面向墙壁站了一会儿。我知道，她在努力平静自己的心情。她转身走过来，问："多少钱？"我看了一下计时器，天哪！空号！我明白了，这是一个打往天堂的电话。

"小妹妹，你是四川人吧？不收钱了。"

"那怎么能行？"

"孩子，这是有奖电话。"还是从阁楼下来的爸爸聪明，"恭喜你，第1101位顾客，你会享受终生免费的。""真的吗？"一丝欣喜飞上她满是泪痕的小脸。

我说不清心里是什么滋味，是痛，是爱，还是热乎乎的感动……

（指导教师：张君）

那一瞬间

刘 东

"等一下！"望着那缓缓关上的电梯门，妈妈如何呼喊也没用了。我不禁有些失望，慢慢地向妈妈走了过去。"真可惜，早知道不买这么多东西，就能赶上电梯了。"我不满地说，像是在责怪妈妈。

"下次赶电梯的时候跑快点，咱们就赶上了。等下一趟吧！"妈妈对我说。

我和妈妈并排站在电梯门前，看着电梯旁那红色的箭头一直向上"爬"着，心里掠过一丝惋惜：只好等下趟了。

"11，12，13……"我慢慢数着电梯已经到达的层数，想让电梯赶快下来。电梯到了14层，忽然，就听"轰隆隆"一声巨响，电梯旁的数字降到了13，紧接着12，11，10……我清清楚楚地听见电梯每掉一层都发出"咚"的一声，心揪得紧紧的。胆小的我眼睛瞪得大大的，不知所措，像小猫似的紧贴在妈妈身旁。

电梯上，那个老奶奶可能惊慌失措了吧？也许在念叨着儿子的名字。那个调皮的小男孩呢？肯定忘记了捣蛋。隔壁的阿姨刚才上电梯时，端着一大盆刚买的杜鹃花，开得火红火红的。我仿佛听到他们声嘶力竭的呼救声穿透了厚厚的电梯门。我紧紧抓住妈妈的手，仿佛一松手，妈妈就会离开我。如果我们赶上了这趟电梯，那还不知道有什么结果呢。

听着电梯下坠的声音，电梯旁的数字终于定格到了"9"。保安们已经跑来，很快解救出了被困在电梯里的人。老奶奶走得颤颤巍巍，嘴里一直在说"阿弥陀佛"。小男孩张着嘴，眼睛瞪得大大的，一时没完全弄明白是怎么回事。隔壁阿姨蹲下好几次，都没把那盆花端起来。

我的额头上浸满了汗珠。妈妈掏出纸巾，蹲下来细心地给我擦去。

我和妈妈的手握得更紧了，因为那一瞬间，我体味到了幸福！和家人平平安安地在一起，就是幸福！

（指导教师：王志强）

永远不变的母爱

廉　庆

"小莹呀，你爸爸在你很小的时候就去了一个很远、很远的地方……"幼时，她总是躺在摇篮里，睁着一双无知的大眼睛望着妈妈。她，还什么都不懂。

长大了，她也就不再追问什么。虽然没有父爱的陪伴，可也处处得到母亲的呵护。她，是最幸福的女孩子；她，是最娇艳的一朵花；她，是妈妈捧在手心里的珍珠。她的生活中处处洋溢着欢乐，充满了阳光。

她的所有记忆里都是美好的篇章，妈妈让她快乐得没有时间来思考没有父爱的存在。

一次妈妈单位组织的体检，几天后医院打来了电话说怀疑她得了一种病。更进一步的检查，证明了医生的推测，是——晚期。面对这突如其来的残酷现实，妈妈心中没有一点准备，脑子里一片空白，心中十分的慌乱。

医生就在这个时候推推她，把她唤回现实当中："回去和家人商量一下，赶紧准备手续，收拾东西来住院！""有可能治愈吗？"妈妈声音颤抖地问。"这种病不治疗只有几个月的时间，进行治疗用化疗和药物维持，也只能撑一年半载。"医生叹息着，无可奈何地摇摇头。

妈妈走出医院的大门，在街上一直徘徊，不知该如何应对。虽然在外企工作、收入不错的她完全有能力负担治疗费用，但她还是下定决心：放弃治疗。她要好好地为小莹做些什么，再把省下的钱留给女儿，然后放心地离去。做出决定后她才慢慢走回家去。

回到家时小莹已经睡着了，妈妈轻轻地走到床前，久久地注视着她。看着，看着，妈妈的眼睛湿润了，泪水忍不住掉了下来。落到被子上，滴到小莹身上。"妈，你来了，怎么哭了？"小莹睁着蒙眬的睡眼问。"没，没什么。"妈妈赶忙躲闪，不安地离开了。

妈妈强忍住病痛，清晨，她依然早早地起来就做好了丰盛的早餐，她依然微笑着给小莹系上了美丽的蝴蝶结。她告诉小莹要去外婆家看望外婆，小莹和她一起去。来到了外婆家，外婆乐呵呵地把她们领进了屋。妈妈让小莹出去玩，自己和外婆走到了里屋。"妈，以后小莹就住在您家，我把她就托付给您了。""怎么了？怎么无缘无故说这种话？"外婆十分不解。"没事，您以后就知道了。"妈妈没有再说什么，只是冲她难过地笑笑。

妈妈把小莹叫进里屋，和她坐了下来。"妈妈要出差了，你住在外婆家，一定要听话！"说着说着，落下的眼泪竟把床单都打湿了。"妈，这又不是什么生离死别，至于哭吗？您说的话，我都记下了。"说着，小莹蹦跳着玩去了。望着小莹可爱的面孔，她的心里好疼。

妈妈交代好了一切以后，才从外婆家离开。她回头，深情地凝视着小莹，直到小莹回了屋子。

小莹在外婆家生活得很好，明白了妈妈的艰辛，懂事了许多。她想起了妈妈的生日，买了蛋糕和鲜花，要送给她心中最美丽的妈妈。

来到楼门前，她轻轻摁了门铃。妈妈强忍着病痛，装作很精神的样子开了门。"妈，今天是您三十七岁的生日！祝您生日快乐！"

妈妈笑了，笑得那样灿烂——这是她最幸福的时刻！她一下把小莹搂在怀里，她忘记了所有的病痛。吹完蜡烛的那一刻，所有的坚强和伪装全部化为了脆弱，她的眼泪洒下来，但笑得却很灿烂。"你和外婆在一起，好好过日子……"她倒下了，却把那最美丽、最灿烂的笑容留在了人世间。

小莹在这一刻什么都明白了，她搂住了妈妈已经开始变凉的身体。隐约间，她感到妈妈的胸口还微微热着，她知道了——妈妈的生命虽然已经凋零，但留下的是那永远不变的母爱。

（指导教师：房家勇）

眼 睛

李 祎

1

邳梦跟我是同班同学，我们俩住在同一栋楼里。

每到下午放学，同学们都会看见我们俩肩并着肩，走在铺满夕阳的回家的路上。

2

一天下午放学后，我和邳梦依旧走在回家的路上。瑰丽的夕阳映红了半边天，也将绚烂的色彩柔和地晕染在溪水中，像燃烧的熊熊火焰，像消融的灿灿的黄金，像道道浮动的彩绸。

"看！这溪水多漂亮啊！"我对邳梦说。

"这溪水是夕阳的眼睛。"

"什么？"

"溪水是夕阳的眼睛。"

"哦。好美！"

我们到家了，邳梦默默地看着我进家门，又默默地上楼了。回想起邳梦刚才说的话，我突然发现邳梦的眼睛那么美，比那溪水还美。

3

依旧在放学回家的路上。

"我给你讲个故事吧！"邳梦望着美丽的"夕阳的眼睛"说。

"好。"

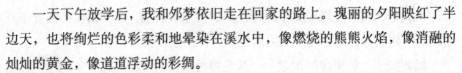

"从前有个十岁的孩子，被确诊双眼患上了恶性黑色毒瘤，只能做眼球摘除手术，否则将会面对要么死亡要么黑暗的选择。这个选择沉甸甸的，压得孩子的母亲喘不过气来。但她深知，她必须要给孩子做手术，因为她不能忘却丈夫的悲惨经历。可是，又去哪里找肯把眼球移植给孩子的人呢？结果，功夫不负有心人，手术终于能做了，并且成功了。"

"太好了，那是哪位好心人呢？"我问。

"是啊，是哪位呢？"

"你也不知道？"

邬梦没有回答，美丽的眼睛泛着泪光。

我见邬梦这般情景，便转移话题："那后来呢？"

"后来啊！"邬梦深深地吸口气，泛着光的眼泪又收回去了。"后来，母亲领着孩子出院了，那天清晨，天格外蓝，风格外暖，就连月亮都没有去睡觉，等太阳赶来和它一起看人间最动人的一幕：母亲领着孩子，孩子闪着明亮的双眼，发出走、停、左拐、右转的口令，俨然像个军官，母亲听着她的指令迈着坚定有力的步伐，一路畅通。之后，孩子一直做母亲的眼睛。"

……

011

4

我一整天都在想邬梦讲的那个感人的故事，这个故事让我的心都碎了，化成眼泪流了出来。想啊想啊，突然想起邬梦也没有爸爸。

5

后来，我才在班主任那里偶然得知，邬梦的爸爸死后，邬梦姓了她妈妈的姓。她的妈妈，就叫邬阳。

（指导教师：赵洪艳）

造就勇敢的爱

王 琳

有一种爱可以造就懒洋洋的人，还有一种爱可以造就勇敢的人。

小可是个非常娇气的孩子，爸爸妈妈什么事都让着她，但日久天长这可就不好了。

有一天，小可的妈妈给小可买了一条漂亮的裙子，裙子上面绣着五颜六色的蝴蝶，漂亮极了。小可看见了这么漂亮的裙子，就想穿上去公园美一美。在小可的强烈要求下，妈妈终于让小可穿上裙子，出发了。

呵！今天可真是个好日子，风和日丽。公园里，蝴蝶在花丛中嬉戏着，有的人在林间散步，有的人在草地上玩耍，好不快活。小可高兴得连蹦带跳地跑向了蝴蝶最多的地方，可脚下一不留神，"啪"的一声，重重地摔在了地上，裙子也脏了。小可大声哭了起来。

妈妈连忙跑了过去，刚想要扶起小可，可心里却犯起了嘀咕：小可马上就四年级了，再这样惯下去，出去了肯定会吃亏的。不再扶她，让她自己爬起来吗？对！让她自己爬起来！于是妈妈对小可说："宝贝，努力一下，自己爬起来好吗？"小可一听，哭声更大了："不，我要妈妈扶，我要妈妈扶！"妈妈又狠了狠心说："宝贝，人生道路上会有许多坎坷，自己跌倒，自己爬起来，加油！""不，我不要！"

妈妈心里暗暗想：最后一次，不行就扶她。于是，妈妈站在一旁，用充满爱和鼓励的眼神看着小可。两人僵持了一小会儿，妈妈还是忍不住了，决定扶小可站起来。这时，小可却自己站了起来。"妈妈，你好狠心。"说着，小可扑进了妈妈的怀里。

小可上四年级了，自从那次以后，她学会了坚强，学会了勇敢，再也不娇气了。

妈妈那狠心的爱，造就了一个勇敢的小可、全新的小可。

（指导教师：杜丽丽）

迟来的谅解

张炜佳

1

我和肃琴是形影不离的好朋友。

今天早上一到学校，我就有一种奇怪的感觉。琴已经到了学校，她看见我便欢快地跑了过来，说："雪，今天要选班长，在你和于浩之间。"我随便地"哦"了一声。上课了，兰老师说要选班长。真是不可思议，最后统计，我以一票之差落选，于浩当上了班长。我认为没什么大不了的，这个班长我不喜欢，每天那么累，而且还得罪人。下课了，冯天跑过来神秘地对我说："你不知道吧，那一票是肃琴的一票！"我不以为然，不屑地"哼"了一声。

我问："琴，今天于浩比我多一票当上了班长，那一票是不是你的？"

琴说："雪，你别生气，我投于浩一票，有两个原因：一是他和你的成绩不相上下；二是他没有当过班长，应该让他试一试。"我有点愕然。

尽管我不想当班长，可我还是不能原谅最好的朋友选了别人。我一气之下，大声说了句："我再也不和你做朋友了。"

琴哭着跑开了。

2

这几天我和琴谁也没有理谁，即使是我们单独碰面的时候也没有。

我心爱的钢笔"飞"了，正着急着，看见琴拿着我的钢笔走过来。我赌气地说："好啊！肃琴，原来是你，你敢拿我的钢笔！你知道它对我是多么重要吗？"

琴小声地说了声："对不起。"

我生气地抢回了钢笔，重重地坐到自己的座位上。同桌悄悄地对我说："雪，琴是帮你找到了笔，正要还回来。"

我想去找琴说声"对不起"，几次想站起来，都看见琴趴在桌子上，双肩微微抖动着。最终，我还是没有去说。

一天，琴被人欺负了，我本来应该去帮忙，但潜意识中仍有一丝不快，想让琴也尝一尝这种滋味，现在想起来还真有点懊悔。

后来的好几天，琴一直没有来学校，我几次想去看看她或打个电话，但一直没有行动。

3

那消息是老师向我们说的：肃琴因为父母工作的关系，要去英国读书。

这个消息对我来说无疑是一个晴天霹雳，我一直不相信。我还没有向她说声"对不起"，找回我们的友谊，她就走了。

我发疯似的在花丛中奔跑，脑中一片空白。我幻想着琴会突然出现，听我向她说"对不起"，一起上学，一起回家，还做最好的朋友。

4

琴还是走了，给我们每个人准备了一份礼物。我有点兴奋，颤抖着双手，急切地打开它，突然里面掉出一封信。我拿起信封，打开信纸，眼前突然有点模糊，原来泪水已经在我眼里打转。我定了一下神，含着泪默默地看着：

亲爱的雪：

你好！

你的名字就是我想和你做朋友的原因之一。也许我不该走，不过，这也许是给你的最好的礼物。我想一直把你当成最好的朋友，直到永远。

琴

5

亲爱的琴：

你好！

我在心中早已原谅了你，那次我说的是气话。还有……还有许多我的近况，想讲给你听。

雪

这封信我没有寄出去，我把它和琴的那封信放在一起埋藏在了心底。

（指导教师：万永明）

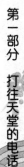

第一部分　打往天堂的电话

简单去爱

刘新月

这件事发生在深冬的一天。天气又阴又冷，我在公交站牌下等回家的61路车，寒风瑟瑟地吹着，我戴上帽子，缩紧了脖子。一辆1路车驶了过来，车门打开，一部分人下来，一部分人上去，都是行色匆匆。

从车上走下一个头发花白的老奶奶，一只手里还拎着一个黑色的袋子，一看就知道是从农村来的。老奶奶脸上皱纹很多，然而走路却很稳健，轻盈的步态与她苍老的脸很不协调。她向我所在的站牌走过来，然后很疑惑地打量着前面的站牌。她好像看不太懂，便问我："小姑娘，俺不识字，去人民医院俺该坐哪辆车啊？"

"1路，就是你刚才坐的那辆。车上的售票员没有告诉你应该到哪里下吗？"

老奶奶笑了笑，说："呵呵，俺刚才坐在车上见一个小伙子没有座，老是那样站着，俺心里挺不舒坦的，就给他让了座。"

"老奶奶，其实你不用给年轻人让座。再说，就算你让座也没必要还没到站就下车啊！"

"孩子，你不知道，俺给让座的那个小伙子，腿脚有毛病。都是妈妈的孩子，俺看他老是站着，俺心里疼啊。"她笑了笑，"俺这么一大把年纪给他让座，他坐在旁边心里肯定不舒服，所以就跟他说，俺该下车了。等1路车来了，你能告诉我一声吗？"

我诧异地再次打量老奶奶，赶紧点点头。

1路车终于摇摇晃晃地开过来了，我赶紧扶她上车。就在扶她上车的刹那间，我突然发现，老奶奶的一只袖管居然是空的！

车又摇晃着走了，直到它消失在我目光的尽头。那花白的头发，那饱经风霜的脸，还有那只空空的袖管，却一直在我眼前浮现。我呆呆地看着，就连帽子被风吹落肩头，我都没感觉到寒冷。

原来一个陌生人的关爱，可以来得那么简单，简单到仅仅来自母亲的本能，像呵护自己的孩子一样呵护别人的孩子。

（指导教师：赵洪艳）

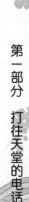

卷发阿婆与她的"老伴儿"

李 祎

1

一个有着自然卷的阿婆住在一楼，她和蔼可亲，我们这栋楼的孩子和大人都愿意跟她谈心。因为她那一头自然形成的卷发，我们都管她叫"卷发阿婆"，而她也挺开心能有这么一个外号。

"嗨！卷发阿婆！又带'老伴儿'出来散步了！对它比对我们还亲哪！"一个阿姨调侃道。

"是啊！我看'老伴儿'闷得慌，出来溜达溜达。"卷发阿婆笑着说。

2

"老伴儿"不是她的丈夫，"老伴儿"是一只被卷发阿婆收养的流浪狗。

卷发阿婆真正的老伴儿，骑着运送垃圾的三轮车倒在了一个深秋的雨夜里，就没再睁开眼睛。从那以后，卷发阿婆再没有笑过，直至收养了这只可怜的狗。她亲昵地叫它"老伴儿"。

"我当时什么也没想，就把'老伴儿'抱去了宠物医院检查。狗咋了，狗也是一条生命。不知道是谁把它给赶出来，丢在路边了。对动物都这德行，对人能好到哪儿去！"卷发阿婆总是这么给我们讲"老伴儿"的来历。这时，"老伴儿"正在卷发阿婆的腿上蹭来蹭去。"你看它那小模样！当时我收养它的时候它瘦得不成样子，现在都长这么壮实了！"卷发阿婆抱起它，像抚摸婴儿一样抚摸着它柔软的皮毛，轻轻地挠着它的脖子，眼睛里充满了怜爱。

3

中午时分，卷发阿婆手里拎着塑料袋，弯下腰用手摊开，亲切地呼唤着："'老伴儿'，快来吃，饿了吧！"卷发阿婆用爱怜的目光看着它狼吞虎咽。我一瞧，这塑料袋里的肉、菜、饭混合，营养又可口。我说呢，卷发阿婆平时连一双像样的鞋都舍不得买，原来钱都用来给"老伴儿"改善伙食了呀！这时，"老伴儿"看着卷发阿婆那双破旧的鞋，眼睛里有些浑浊的东西在动，涌出来，掉在饭里。

卷发阿婆对它很好，"老伴儿"呢？它也懂得怎样去报答她。

4

一个雨天的中午，爸爸刚下班回来，就听见卷发阿婆家的门被不停地撞击，同时伴随着"老伴儿"的狂吠和哀鸣。爸爸意识到不妙，绕到前窗一看，卷发阿婆正躺在客厅的地板上，"老伴儿"正在拼命撞击屋门，全身是血。

经过紧急抢救，卷发阿婆醒了，原来是心脏病突发。"老伴儿"却因失血过多，死了。那天的雨下得真大，卷发阿婆真正的老伴儿死时也下了这么一场大雨，整栋楼里的人都知道。

5

从此，卷发阿婆精神恍惚，疯疯癫癫的，每天抱着一个枕头，像抱着"老伴儿"那样。

邻居们看她这个样子，有人张罗着给她找个老伴儿陪陪她，有人说再给她找只像"老伴儿"那样的狗让她养着。

卷发阿婆到底是想念老伴儿还是想念那只"老伴儿"呢，我也不知道。

（指导教师：赵洪艳）

第一部分 打往天堂的电话

第二部分

单翼天使

友情也许会褪色，誓言也许会被遗忘，但妈妈的睡相将永远定格在我脑海的深处，成为我永远的珍藏。看着妈妈，听着均匀的呼噜声，我轻轻脱口而出："妈妈，我爱您！您永远是我心中的宝！"

——吴菲《妈妈睡了》

母爱，在每一个角落

刘静苒

母爱是一条曲折平坦的小路，让天涯游子踏上回家的征程；母爱是一缕春天沁人心脾的微风，抚慰着孩子娇嫩无瑕的脸庞；母爱是一眼清澈见底的泉水，滋润着儿女彷徨迷茫的心灵。母亲的爱，陪你一起喜怒哀乐。

"本来就是这样，你没有任何理由，简直是发疯！"

"砰"的一声，门被重重地关上。我拽拽单薄的上衣，在雾中迷茫地行走，却仍然在小区里转圈。我的心苦涩地收缩成一团，泪水顺着鼻梁流进唇内。我独自一个人蹲坐在长椅上，显得那样瘦弱渺小。望着家中黄澄澄的灯光，那分明就是一种温暖的暗示，可我……却回不去。

在十分钟前，我与母亲发生了争执，不懂事的我摔门而去。现在，我在心里埋怨母亲，不明白她为何来找我，更不知道她有多么焦虑。"孩子，你在哪儿？回家，快回家！"耳旁响起了熟悉的叫声，我喜出望外，在雾里寻找母亲的身影。

啊！那里！我飞快地向她跑去，把刚刚的不快一下抛到脑后。看着母亲额头上细密的汗珠，柔顺的黑发里依稀的白发以及干瘦的手臂，我在心里暗暗发誓：这种幼稚的行为绝不能再有了！回到了温暖的家，我突然醒悟：爱就潜藏在家中的每一个角落，它能使人毫无顾虑地用心去感受。

夜晚，繁星点点。母亲陪着我荡秋千，她的手掌轻轻推着我的后背，让我感到那么踏实。而依偎在她的怀里，永远那么安全。她的脸上，洋溢着幸福的笑容；她的嘴角，散发着母性的慈祥。

那个晚上，什么徘徊在我的眼前，什么拍打着我的心扉，我或许已经懂了……

(指导教师：谭妹娥)

学会独立

邓 岳

　　爸爸在我心目中是一个很严厉的人，他决定的事情，我好多都不能理解。

　　记得我很早就上了课外班，那时我六岁，每次都是爸爸、妈妈接送。可是等到我八岁学会骑自行车时，爸爸就让我自己上下学了。

　　一个冬日的下午，天阴沉沉的，刮着刺骨的寒风，我顶着风向英语教室骑去。平日里我不喜欢带防寒的帽子、手套、围巾，总觉得很麻烦，这回可吃苦头了。嗨！后悔也没用了，我使劲蹬着车子，往常走十五分钟的路，今天却走了半个小时。来到英语班，我跑步上楼连作业都没来得及交，就赶紧坐下来听课。

　　上课时，我感到脸颊热烘烘的。以前，我也遇到过脸上特别烫的时候，听妈妈说，那是被风吹的。往常，我吹一点风，就会感到热，今天一下灌了那么多风，脸不红得像猴屁股一样才怪呢！想到这儿，我决定还是采取降温措施，便用冻得冰凉的手捂着脸。别说，还挺有效。

　　放学时刚一出门，我就感到了一丝寒意，而且比来时更冷了。于是，我赶忙把羽绒服的拉链拉到最上方，骑上自行车就向前飞快驶去。我弓着腰，脚下飞快地蹬着，似乎轮子都要被我蹬飞了！路上的人看我的目光有的诧异，有的惊讶，有的埋怨，隐约中听到有人说："这孩子，人这么多，还敢骑这么快……"

　　不管啦！不管他们怎么看我，反正我只有一个目的：第一时间冲到家里。

　　终于到家了，我装着一肚子苦水来到家门口，敲门砸门，爸爸终于来开门了。我愤愤地走到了爸爸面前，把今天的遭遇一五一十讲给他听，没想到爸爸却严肃地说："孩儿啊！宝剑锋从磨砺出，梅花香自苦寒来。"

一直以来我都不理解爸爸的这一做法，直到前段时间学习了《学会看病》这篇课文，我才开始理解了他，以及他对我深深的爱。

（指导教师：郑端）

别样的爱

龚嘉怡

妈妈，忘了有多久，您那充满肥皂味的大手不再轻抚我的脸庞；忘了有多久，您那瘦削的面容不再对我淡淡地微笑；忘了有多久，您怀里的那种温暖不再滋润我冬日寒冷的心灵……

从开始记事起，妈妈您似乎从没"爱"过我，跌倒了从来不扶我起来，考试考砸了回到家只能"面壁思过"，默默流泪。

您是那么冷酷，那么不近人情。有时，我甚至怀疑我是不是您的亲生女儿。妈妈，回想过去，我心中就像打翻了五味瓶。

眼泪+鼻涕=再试一次

"我不嘛！我要妈妈送，要妈妈送！"记得那是我上二年级时的一天，我又哭又闹。可妈妈您居然一点"怜香惜女"之心也没有，还瞪了我一眼："去，自己去学校！"我仍然在"耍赖"。您见了，脸上露出凶神恶煞般的表情。那神情像一把刀，将伤心深深地刻在我的心房。您一副"铁石心肠"，把满面"梨花"的我推出了家门。正当我万般惊恐地过马路时，一辆自行车从身边飞驰而过，我的手被划出了清晰的伤痕。肇事者扔给我一个冷眼，扬长而去。我哭着返回家，满心希望这次可怕的"冒险"会以我的眼泪、鼻涕而告终，谁知您看了看我，吹了吹我的手，说："没事，勇敢点！自己去学校，你行的！"说完，又一次把我推到呵气成冰的冬日马路上。

妈妈，想着您的狠心，看着邻居小朋友坐在他爸爸车上的高兴样儿，绝望让我的内心比黑夜还要黑暗。

拌面+停电=坚强

家中怎么一个人也没有？突然，我看见桌子上您写的留言条："外婆生病了，妈妈去医院照顾她，大概要一周。你自己在家当心点，有什么事打电话给我！"一个人在家，一切要自己干！我汗毛直立，但想到出差的爸爸和忙碌的您，只好豁出去了！

漫长的七天过去了，简直不堪回首：前两天还有剩饭剩菜吃，后几天，只能天天吃拌面——这是我唯一会做的呀！最可怕的是一天晚上突然停电，四周寂寥无人，凄神寒骨，我只好迅速地爬上床，用被子捂住头，不住地对自己说："坚强点，坚强点！"

您终于回家了，在与您目光接触的一瞬间，我有种想哭的感觉，但我没有哭。因为，我是坚强的女孩。

"孩子，严是爱，松是害。你要记住：花盆里长不出参天松，庭院里练不出千里马。"这是妈妈您送给我的箴言。

妈妈，在您别样的爱下，我慢慢长大，慢慢读懂了您的良苦用心。

我知道：有一种爱，刻骨铭心。有一片天空，永远属于我！

(指导教师：林巧铃)

我和妈妈的"战争"

殷凤彬

我和妈妈几乎每天都有"战争"发生，每次的"战争"都是由我引起的，可是失败的总是我。不信？往下看吧！

镜头一：

早晨，闹钟滴滴答答地响个不停，其实我早醒了，可就是赖在床上不起来。不一会儿，就听见妈妈的女高音响起："大小姐，起床了！"我慢慢地睁开眼睛，懒洋洋地坐在床上，伸了个懒腰，慢条斯理地说："急什么，还早着呢？一点儿都不温柔！"说完，我把头往被窝里缩了缩，眼睛又闭上了。妈妈生气了，大吼一声："都什么时候了，你还不起床！看我收拾你！"我被吓住了，马上坐起来穿好衣服，还自我解嘲地说："河东狮一吼，女儿抖三抖。悲惨啊！悲惨啊！"

镜头二：

中午，我把我和妈妈的"战争"写进了日记，爸爸看了，嘿嘿直乐。我说："你千万别告诉老妈，要不河东狮又要吼了。"妈妈出去办事回来了，爸爸幸灾乐祸地边傻笑边说："看看你女儿的大作吧，你的形象很威风呀！"我把日记藏在身后，不敢给妈妈看，妈妈命令道："拿来给你老妈看看！"哎，母命难违啊！我只得拿给她看，心里默念：上帝保佑、上帝保佑……想不到妈妈看了，扑哧一声笑了，还说："写得好。""战争"没开始就结束了，我心中的大石头也安然落下了。

看，这就是我和妈妈之间的"战争"。可你们说，怪不怪？随着"战争"次数增加，我们家反而越来越温馨了。

（指导教师：孙丽萍）

单翼天使

苏景业

上帝说，在所有的天使之中，我已经选中了一个给你，她将会等待你和照顾你。

我的妈妈就是这样一位天使，她等待着我降临，照顾着我长大。

十几年前的冬夜，西北风刮了一夜，我降临到这个世界上。妈妈抱着我，亲着我叫我宝贝，唱《摇篮曲》给我听，牵着我的手过马路，送我去幼儿园。每夜每夜，我都在妈妈的故事里甜蜜地熟睡。

妈妈在院子里种了一大片爬山虎，每到夏天，爬山虎就爬满了一堵墙。妈妈希望我像爬山虎一样踏实地走好每一步。

公园的地面镶嵌了很多五颜六色的小灯，天黑的时候，像天上的星星缀满了一地，很漂亮。刚刚会蹒跚走路的我，紧紧地抓着妈妈的手，一脚一脚地去踩"星星"。

还记得上小学的第一天，妈妈在校门口，一直看着我走进教室，还踮着脚往里望。

考试成绩好的时候，妈妈比我还高兴。考不好的时候，妈妈总是默默不语。

每天中午，妈妈从单位赶回来给我做饭。夏天，她被晒得又黑又瘦。冬天，她总是一边进门一边搓手，脸冻得红红的。去年暑假，她的单位搬到了西山上。万般无奈，我每天中午就在大姨家吃饭，她每天都打好几个电话询问我的情况。

妈妈给我报了篮球班，她说怕我老一个人在家待着不与人交流不好。为了我的英语，她又给我找了个家教，每天晚上下班开车四十分钟从西山下来，赶忙弄点吃的，然后又开车送我去上课，两小时之后再接我回来，她笑称自己是俄国人——车尔夫司机。

快开煤博会的时候，全市道路大整修，这可难倒了我，上学那么远，路都在修，同学们经常有迟到的。聪明的妈妈就想到一个办法，她给我买了个折叠自行车放在后备厢里，每天从唯一好走的长风街走，到滨河西路西里桥放下我，打开自行车，我只用十几分钟就到了学校。那时我才明白两点之间直线最近。

那辆车子却在某天中午被可恶的小偷偷走了，我哭着打电话告诉妈妈，妈妈说："没事，我算着它早该丢了，你们同学每月丢一辆，咱这已经三个月了，够本了，别哭了宝贝。"听着她的话，我的心不那么难受了。

那天晚上，妈妈下班开车接我回家，她让我坐在她身后的座位上，而不像平日里坐在她旁边的座位上。她说她感冒了，头晕眼花，中午又加班。路上我听见她一直在小声哭。

可一回到家，她又忙着给我做饭，让我写作业。我唯一能做的，就是她躺到床上，我帮她倒杯水。妈妈说："儿子长大了，懂得照顾妈妈了。"

上星期电脑课要用U盘，我拿上妈妈的U盘去了学校。上课打开的时候，我看见了一个令我一生都不能忘却的文档：离婚协议书。我一生都不想再看见的五个字。这五个字像无数把刀同时插进了我的心，我真想把自己紧紧蜷曲起来，找一个小小的抽屉躲进去，往事的点点滴滴就像电影中的画面一样在我眼前晃动……

029

我的眼泪一直流，我的心疼得像被针扎着，我在夜里哭了很久，一直哭到睡着，睡着又惊醒。十三岁了，我才知道什么叫"失眠"。第二天早上我的眼睛很红，妈妈问我"怎么了"，我摇头笑了一下就下楼了。

路上妈妈一直看我，她好像察觉到了什么。到了学校，我的好朋友都很关心地问我"怎么了"，我都对他们说"没事"。那天，我的身上一会儿冷一会儿热，不知是什么滋味。

爸爸终于离开了我们。

上帝说，你的天使，每天将会为你歌唱和微笑，你将会感受到你的天使的爱，你会感到快乐。

妈妈失去了另一半，变成了单翼天使。

晚上睡觉前，妈妈还记得给我讲《小亚当的秘密》，她好像什么事情都没有发生。

有个男人捧了一大束百合，不远处一个漂亮的女孩子带着一连串幸福的笑跑过来。我多希望，那个漂亮女孩，就是我的妈妈。

（指导教师：李伟）

妈妈，我想对您说

范冬暖

妈妈，我知道您一直很关心我，为了让我更好地成长，天天快乐，您操碎了心。

有一次，我不小心蹭破了脚，流了一点血，但不是很痛。可您一见就急了，连忙说："快、快、快，让你爸爸带你去医院。"我马上说："别去了，不疼，没什么事，擦点酒精，贴一个创可贴就行。"您的脸立刻把"中雨"变成了"大雨"，说："不行！等会儿就疼了，走路也难受。"说着就让爸爸把我带下了楼……等我们回来以后，您又做了一大桌子好菜，全是我爱吃的，您还给我夹了一大碗菜，让我多吃点，说这样会好得快。当我想起那天的事，当我想起您那焦急的神情，当我想起您做的那一顿可口的饭菜，心里总是感到很欣慰。

妈妈您为我操碎了心，可要求又那么少。记得有一次，我的数学考试只得了92分，就连我自己都不满意，心想回家免不了遭您一顿臭骂。我慢悠悠地回家，希望这倒霉的时刻慢点到来。可我一回到家，您看完试卷，却没责备我，而是坐下来和我一起分析了原因，改正错误。当您在试卷上签完字后，还鼓励我说："下次努力吧！"我听了，为有您这样的妈妈而感到自豪。

虽然您有时对我很严厉，但我明白您的良苦用心："花盆里长不出苍松，鸟笼里飞不出雄鹰。"我知道您是爱我的，当我犯了错误，向您道歉时，您总是说："你是一个好孩子！"当我遇到困难时您又说："来，再试一次，你会成功的。"当我向需要帮助的人伸出热情之手时，您高兴地说："你是一个乐于助人的孩子，很好！"

妈妈，您是天底下最好的妈妈，我想对您说："妈妈，我爱您！"

（指导教师：李文娟）

031

平安夜

连 婕

回忆像一本正在翻动的相册，回忆像一台只播放动画片的电视机，回忆像打开盖儿的香水瓶，散发出缕缕芳香……

音乐课上，老师正在教我们唱《平安夜》这首歌。我越唱越爱唱，不禁浮想联翩……

记得我四岁时，妈妈就开始"骗"我，每当到了圣诞节的前一天，妈妈就再三叮嘱我："今天表现要乖一点，睡觉之前要准备一双漂亮的袜子，当你睡着的时候，圣诞老人就会进入你的小房间，在袜子里塞上你最喜欢的小礼物。当然，要自己把袜子洗干净，如果袜子太臭，圣诞老人就不给你小礼物了！"

那一年，为了得到圣诞老人的礼物，我早早地把袜子洗净、晾干。吃过晚饭，就去刷牙、洗脚，把袜子放在床头，上床睡觉了。

夜晚，我进入梦乡，梦见圣诞老人送给我一个漂亮的小头花，我兴奋牧得一下子醒了过来，摸了摸袜子，里面什么也没有。我疑惑不解：难道我今天表现得不够好吗？哦，也许等我睡熟了圣诞老人才来呢。快睡吧，我不停地嘱咐自己。正当我睡眼蒙眬时，一个模模糊糊的人影进了我的房间，我觉得像妈妈的影子，又觉得像圣诞老人的影子。我连忙闭上了双眼，一动不动，生怕把圣诞老人吓跑。

这时，我听见了礼物盒"叮叮当当"的响声，这个给我放礼物的人还给我盖了盖被子。我没有多想，翻了个身，继续进入了梦乡……

早晨起来，我迫不及待地摸了摸袜子，袜子已鼓鼓囊囊的了。我把袜子里的礼物拿了出来，打开礼盒，里面是一些小巧玲珑的卡子、头花等我喜欢的小玩意儿。我拿着这些礼物，高兴地跑到妈妈面前，对妈妈说："妈妈！圣诞老人给我送礼物了！"可想到昨夜的背影，我又很疑惑："妈妈，昨晚您给我送礼物了吗？"

　　"没有啊！"妈妈笑着说。哦，那肯定是圣诞老人送的了，可圣诞老人的身影怎么与妈妈的身影那么像呢？

　　直到现在，平安夜我的袜子里依然有我想要的礼物。不用说，大家都会猜到这"圣诞老人"就是我的妈妈了。

（指导教师：尚秀英）

第二部分　单翼天使

妈妈睡了

吴 菲

"世上只有妈妈好，有妈的孩子像块宝……"顺着歌声，我揉揉惺忪的睡眼，走进妈妈的房间。妈妈房间的电视还开着！屏幕上，有个小妹妹正唱着那首家喻户晓的《世上只有妈妈好》。

我的目光从屏幕移到了妈妈身上。妈妈倚靠在床头睡着了，连外套都没来得及脱掉。我关掉电视，转身轻轻为她拉了拉被角，生怕惊醒妈妈。妈妈打着呼噜，睡得那么沉，那么香。睡相真切地展现在我的眼前，展现在她养育了整整十一年的孩子面前。触着灯开关的手收了回来——妈妈睡着了，我才拥有近距离端详妈妈的机会——这是我平生第一次看妈妈睡觉。细细看，妈妈的额头上、眼角边真的留下了岁月驰过的皱纹。她闭上的眼睛深深地下陷了，这使眼眶很是分明。

我使劲地在记忆里搜寻妈妈闭眼安睡的情景。我在妈妈的身边生活了十一年，十一个寒来暑往的轮回，让好多往事扎根于我的心中，永远挥之不去。可是思来想去，在我的记忆中，居然没有妈妈安睡的景象，有的只是她忙碌的身影！

打我记事起，我钻进自己的被窝时，妈妈的被窝是空的；我掀开自己的被窝穿衣服时，妈妈的被窝还是空的。我常常想，妈妈的被窝真是浪费了！她似乎没有睡觉的欲望，也不懂得享受睡觉的安逸。漫漫长夜，妈妈的眼睛总是炯炯有神地盯着做作业的我，不见一丁点儿疲倦；我钻进舒适的被窝，上下眼皮都要粘在一起了，妈妈的嘴里还不停地给我讲一些故事，送我进入梦乡；小时候半夜醒来，睡眼惺忪地喊"妈，我要尿尿"的时候，灯很快就随着喊声亮了，妈妈就在灯前。她是被我的叫声唤醒的，还是压根儿就没睡着呢？我一直没想明白。

每天早晨，我睁开眼，等待我的便是鸡蛋、豆浆等营养早餐。我吃饱肚子，浑身暖暖地走出家门。放学归来，远远就能在巷口闻到我家厨房飘出的菜香。飞身到饭桌边，妈妈夹鱼、夹肉又夹菜，看我吃得香，她才动碗筷吃起来。吃完饭，妈妈洗碗筷、擦桌子、洗衣服、拖地板，又忙开了……

　　妈妈为了我们这个温馨的家，为了我——她的宝贝疙瘩，朝朝暮暮，忙忙碌碌，从没有说过一声苦和累。现在，我知道妈妈真的累了，连"睡神"也找上门来，逼着妈妈偿还欠下的"觉"。妈妈终于困了，斜枕着枕头，电视也没关，就那么呼噜呼噜地睡着了，睡得那么沉，睡得那么香。

　　看着妈妈，我鼻子一酸，泪如泉涌般无声地流在了妈妈的被子上。

　　友情也许会褪色，誓言也许会被遗忘，但妈妈的睡相将永远定格在我脑海的深处，成为我永远的珍藏。看着妈妈，听着均匀的呼噜声，我轻轻脱口而出："妈妈，我爱您！您永远是我心中的宝！"

（指导教师：林巧铃）

第二部分　单翼天使

我家的"神偷"

郭晨洋

现在的同学可能都有同感，那就是讨厌别人偷看自己的日记。可是，越是不想的事却偏偏就发生了。

一天晚上，我正在专心地写着日记。这日记本里可是有属于我自己的许多私人秘密。就在这时候，妈妈突然闯进我的卧室叫我："儿了，你同学打电话叫你！"我急忙转身跑了出去，可是到了客厅却发现电话根本就没有响起。我疑惑地转身走回自己的卧室。当我拿起笔开始继续写日记时，意外地发现日记本有明显被翻动的痕迹。"难道日记本被人偷看了？"我的头好像要爆炸似的"嗡嗡"作响，"里面可是藏着我的秘密呀！"我转身往四周看看，家里只有妈妈在看电视，没有其他人来过。"莫非是妈妈？不可能！不可能！"这个念头一闪就过去了，我没有再想下去。

可是，之后发生的许多事情令我疑惑不解。比如，妈妈以前总是忙于自己的工作，而疏忽对我的关心，现在她却忽然像变了一个人似的。而且，更让我奇怪的是，我的任何秘密妈妈似乎都了如指掌。这时，我忽然想起上次日记的事，猛然间，我恍然大悟：一定是妈妈偷看了我的日记。

在我的再三追问下，妈妈终于承认了偷看日记的事。我当时很生气，一连三天都不理妈妈，还偷偷地叫她"神偷"。从此以后，妈妈再也不偷看我的日记了。

因为这件事，我和妈妈之间产生了隔阂。妈妈对我也冷淡了许多。此后，我一直陷在烦恼的漩涡里跳不出来。

之后，我想了很久，终于想明白了：家长和孩子是需要沟通的，只有加强沟通，才会互相理解对方，才会适应对方。妈妈偷看我的日记无非是想了解我的思想动向，采取适当的方式教育我、关心我，并没有什么恶意。

　　这样一想，我的心里豁然开朗了。慢慢地，我和妈妈之间的关系也越来越好了。

（指导教师：吴印涛）

037

第二部分　单翼天使

善意的谎言

王怡樱

"快传球！"我开心地在操场上奔跑着，接过同学传来的球，一个投篮——进了！

喜悦过后，我感觉到喉咙好像在冒烟。我瞥了一眼小卖部，努力地抵制自己的口渴。可是，这一切都是徒劳，我还是觉得喉咙里像是着了火一样。正在这时，同学们蜂拥奔向了小卖部。看着大家，我心里的欲望越发强烈。我摸着兜里的三个钢镚儿，朝小卖部走去。

"阿姨，冰红茶！"接过冰凉凉的饮料，我顿时感觉到一阵喜悦。我打开瓶盖，二话没说就往嘴巴里灌。喉咙里的火被我灭了，我平静下来后，却发现周围一个同学都没有。我正在疑惑呢，却听见熟悉的吼声："王怡樱，你怎么可以买零食？"

我一呆，手里的冰红茶应声掉落："王……王老师……我……我……我……"

"不要再狡辩了！"王老师摆了摆手，"我一直以为你是好学生呢，没想到你也会买零食啊！王怡樱，你站沙堆那边去，体育课不用上了！"

炽热的太阳照射在我的脸上，看着大家都在开开心心地玩篮球，我心里一阵不平衡，随即责怪自己：你怎么就买零食了呢？但是，我更恐惧的是，如果我妈妈知道了，会怎么样呢？我在妈妈心里，一直都是好女儿、好孩子的啊！现在，我的名誉都毁于一旦了！

火红的太阳渐渐下去了，迎来的是一阵疯狂的暴雨。我没有带雨伞，背着书包站在学校门口，脚好像灌了铅似的，一步也迈不动。雨"滴滴答答"地掉在我身上，顺着衣服的弧线，一滴一滴地落在地上。

书包越来越重，我已经不能呼吸了。当离家只有两百米的时候，我感觉到心跳的速度越来越快，一分钟至少一百二十下。我害怕了，在妈妈面前我第一次害怕了。我怕，我怕妈妈骂我，我怕妈妈叹气，我怕妈妈用失望的语气跟我说："没关系。"我怕老师告状，我怕妈妈第一次为我感到沮丧，我怕……

我想着想着，不知不觉已经到了家门口。我摸出钥匙，手颤颤巍巍的。我缓缓打开了门，小心翼翼地环顾了一下四周——没人。我松了一大口气，放下书包，悠然自得地喝起饮料来。

"砰……"我的饮料又掉到了地上，因为我听到房间传来了一阵响声——妈妈在家！我顿时慌乱起来，把饮料的空瓶子捡起来，朝垃圾桶扔去，然后用最快的速度脱下鞋子，朝房间走去。

"宝贝，回来了啊？"妈妈轻声地问。

"啊……"我吓了一大跳，有种做贼心虚的感觉，"是……是啊，回来了。"

"今天怎么晚了一点儿啊？"妈妈又轻声细语地问，"外面下雨了，有没有带雨伞啊？是不是淋雨了？"

我有一种感觉，妈妈已经知道我买零食的事了，老师已经告诉妈妈了。我摸了摸胸口，说："妈，我有带雨伞，没有淋雨。那个，老师是不是打电话来了？"说完这句话，我自己也紧张了起来。我这么一说，妈妈不就知道我在学校犯下的"罪行"了吗！我连忙又说："那个，这个，老师说她会打电话给每个同学家长……"刚说完，我又后悔了，我们老师从来不这么做，妈妈不怀疑就怪了！也许是因为心虚了吧，我飞快地打开房间的门钻了进去。

"老师？对啊，老师打电话来了！"妈妈说道。

"啊——"

"怎么了呀？"妈妈有些疑惑地问。

"没有没有，妈，老师说什么了啊？"我躲在被窝里，颤抖着，害怕妈妈一下子打开门，冲进来，拽起我大声地责骂。

"说你很乖很乖啊！"

"老师，老师没有说我表现不好吗？"被子也被我带动着颤抖起来，我感觉全身都起了鸡皮疙瘩。

"没有，老师没有对我说。"妈妈异常平静地说。

"呼——"我掀开被子，有一种放松、自然的感觉，心里暗暗说道："太棒了！看样子妈妈还不知道我买零食的事呢！我一定要好好努力一下，改过自新！"

"宝贝，现在我要出去买菜。你在家里乖乖地写作业啊！"

"好好好！"我答应得十分干脆。

"砰"的一声，妈妈出门了。

"今儿个老百姓真高兴啊……"我高兴地在房间里哼歌，"呀呀，嘿嘿，今儿个老百姓啊……"

"丁零零……丁零零……"从妈妈的房间里传出一阵电话铃。我的心里迅速掠过一阵不安：不会是王老师打来的吧？

我走进妈妈的房间，拿起手机，问："哪……位？"

"喂？是怡璎的妈妈吧！我就是刚刚打电话来的王老师啊。你们家王怡璎买零食这个现象不能再让她继续下去了，这样子太不好了，太不文明了！喂？你在听吗？我刚刚也跟你说了，不可以这样纵容孩子！喂？喂？"王老师的声音还在继续，可是我已经听不到了——手机已经滚落在地板上了。

我呆呆地站在妈妈的房间，有一种说不出来的滋味。妈妈，她骗了我？她说过，老师没有对她说我不乖啊！妈妈，她刚刚对我说了什么？我突然有一种记忆丧失的感觉，感到我的世界在天翻地覆地变化着，刚刚的喜悦已经荡然无存了。

"王老师说了，她刚刚已经打过了……"我喃喃自语，望着地板上的手机，良久没有回过神来。

两三滴冰冰凉凉的东西从我眼眶里滑落，流到我的嘴巴里，咸咸的，好苦好苦……我懂了，我真的懂了，妈妈已经在无形中骂了我。但是这种骂她没有用言语表达出来，而是用一种平静的、妈妈才有的方式告诉我，她相信我，她不会在乎这一次我犯的错。

　　我捡起手机，朝电话里喋喋不休的王老师说："老师，我妈妈说了，你没有对她说。我相信，你没有对她说。在我妈妈的心里，这件事情就跟没有发生一样，因为这很平常，因为这是一个孩子犯的错误。"

　　门外突然出现一阵抽噎声，多么熟悉的声音，那个说"没有，老师没有对我说"的声音。

（指导教师：汪建华）

一辆自行车

王一峰

我来自一个贫困的农村家庭，爸爸给人打工，贴墙砖铺地板，妈妈在家照顾姐姐和我。

爸爸从来不抽烟喝酒，一年也不买一件新衣服。他总是说，穿上新衣也是个脏。

妈妈也总是穿着旧衣服，骑一辆旧电动车，每天接送姐姐和我上下学。

我们家离学校很远，因为租不起离学校近的房子。所以，我一直想有一辆自行车，自己骑着去上学，那样妈妈就不用又做饭又接送我了。

别的小朋友骑着车子，像风一样从我身边飞过去，我总是看着他们的背影，目光不想离开。

去年过年前，妈妈带我上街，要给我买一件新衣服。路过自行车店，我不由自主地走了进去。我的眼睛都不够用了。那些自行车可真漂亮！我摸摸手把，坐在车座上，蹬蹬脚蹬子，那感觉真像一个小王子！

后来，我恋恋不舍地回了家，好几天都梦见自己骑着自行车去上学。妈妈说，我连梦话说的都是自行车。

今年"六一"儿童节那天，我起床后，揉着眼睛去洗脸。

忽然看见客厅里放着一辆自行车，开始我还以为自己在做梦。我掐了一下自己，才确认，真的是一辆蓝色和白色相间的自行车。

我高兴地一蹦三尺高，大声喊："呀！这么漂亮！谁买的啊？"

妈妈微笑着说："除了你爸爸，谁会给你买啊！"

我简直不敢相信自己的耳朵，平时板着脸不说话的爸爸，居然给我买了一辆自行车！

我立刻推出去，小朋友们围过来。我任他们看，任他们摸。车把的橡胶套上有两个正在打斗的变形金刚，它使我在骑车时感到无比的快乐。

　　吃早饭的时候，我听到妈妈略带埋怨地说："最近快交房租了，还买自行车。"

　　爸爸回答："既然一辆自行车能让儿子这么开心，为什么不买呢？"

　　我的眼泪忍不住流了下来。

（指导教师：曹海波）

043

幸福藏在母爱里

钱雯霞

    "世上只有妈妈好,有妈的孩子像块宝,投进妈妈的怀抱,幸福享不了……"听到这首歌,我脑海里顿时思绪滚滚,眼前浮现出妈妈百般呵护我的情景。

    记得去年夏天,老天爷好像有意跟我们作对,太阳像烈火似的炙烤着大地,风儿也躲起来不肯跟我玩,我呀,热得浑身湿淋淋的。更糟糕的是,输电线路因超负荷运行而出了故障要抢修,而且一直要停电到深夜。

    "唉,真是祸不单行,今晚怎么熬过去呢?"我不停地嘀咕着。这时,妈妈好像看出了我的心思,抚摸着我的头说:"雯霞,睡着了就不会觉得热了。"

    我听了,乖乖地点点头。不知怎么的,我刚睡了几分钟,果然感到浑身凉丝丝的。过了一会儿,我被一阵阵轻轻的声响惊醒了,就慢慢地睁开了眼睛。啊!我惊呆了:妈妈坐在床沿上,轻轻地给我扇着扇子,额头上渗出一粒粒豆粒大的汗珠,而她的衣服也被汗水湿透了。我看着看着,突然明白母爱就是酷暑里的一阵风。

    还记得大前年的一次考试,我的数学因粗心而考砸了,放学后,垂头丧气地走进家门。妈妈一见,急忙关切地问:"霞霞,看你这样儿,是谁欺负了你?""没。"我停了一会儿,终于胆战心惊地说出了原委,然后呆呆地立在一边,准备挨骂。

    想不到妈妈听了,居然安慰我:"别气馁,俗话说'考场如战场',哪有常胜将军,只要吸取教训,争取下次考好就是了。"

    我听了,激动地扑进了妈妈的怀抱:"妈,你真好。"这时,我顿时明白了母爱就是失败之后的一句宽慰。

　　突然，歌声戛然而止，于是我从沉思中回过神来，情不自禁唱起来："世上只有妈妈好，有妈的孩子像块宝，投进妈妈的怀抱，幸福享不了……"唱到这儿，我恍然大悟：噢，幸福就是这么简单，原来它就藏在母爱里。

（指导教师：陈陆云）

第二部分　单翼天使

母爱如水

安雨洁

是什么爱让人刻骨铭心？是什么爱让人无限温暖？是什么爱那么无私？是什么爱直到永远？我的答案永远是母爱！下边，我给你举几个例子吧！

唠叨之爱

妈妈可不是一个好玩的人，她呀，比唐僧还烦。在家时，我就好像带上了一个紧箍咒，听老妈"念经"。妈呀！烦死了。老妈只要在我身边，我就没有一天好日子过，"洁洁，起床，起床，要迟到了，快点，磨磨蹭蹭的。""快点吃饭，这么慢。""你看你，满头大汗的，又疯跑去了，一天疯疯癫癫，没个正经样，小女生应该文文静静的。"……真是好烦啊。

046

妈妈有一次去了外地，家里真安静，真好。但没过几天，我就奇怪了，咦？家里安静得可怕，原来，我已经习惯了那唠叨声，因为那里边充满了妈妈对我浓浓的爱。

快餐之爱

我在家是个小馋猫，整天大鱼大肉，在外面，爱吃的东西就是快餐了，不仅因为它好吃，更因为快餐含有妈妈对我的爱。

记得有一次，妈妈带我去游乐园玩，玩累了，我们去旁边的快餐店吃快餐。那天，我兜里带着五十元钱，想起妈妈那么爱我，我决定请妈妈吃一次快餐，于是，我便幽默地对妈妈说："今天我请客，请母亲大人点菜吧！"妈妈笑了笑，说："真胡闹，你快去点吧！"我点了一张十二寸的比萨、一大杯可乐、一杯奶昔、一盘水果沙拉，妈妈却只要了一小杯可乐。我高兴地吃着，吃完后，我才注意到妈妈，她在微笑着，眯着眼看着我。那杯可乐都没怎么动，我心中一阵内疚，妈妈，对不起。这时的妈妈最最美丽。

讨厌之爱

妈妈有时也很讨厌，给我制定了许多条家规，这些家规把我管得严严的。妈妈一心想让我成为一个"乖乖女"，而这些家规好像一把一把的大锁，把我给锁了起来。家规上，不许我多看电视、打电脑、玩游戏机……上帝！这一条，就让我彻底失望了，它把我的快乐全部剥夺了。还有一条是不许去外边踢球。不踢球，那干什么呀，我又不会跳绳。

老妈好讨厌，不让我干这个，不让我玩那个。但是，我知道妈妈制定的一条条家规都是为了让我变得更加优秀，这里边包含着对我浓浓的爱意。

妈妈是爱我的，每时每刻，直到永远。

047

（指导教师：杨晓辉）

第二部分 单翼天使

在母爱的长河里成长

刘菖鑫

母爱是一条长河，我就是长河里的鱼儿。母爱的长河给了我生命，所以河水和鱼儿是谁也离不开谁的，而这长河里的爱是我一辈子也取之不尽、用之不竭的。

从我记事起，爸爸就一直公务繁忙。妈妈下班后就得忙家务活，每天都是如此，起早贪黑。每当我看到她那忙碌的样子，就有些于心不忍，真想帮她做 些小事情。妈妈忙碌时就如一条河，困难就像一块块石头。河遇到石头时不仅会奋勇直前，而且唱出的歌也越来越亮，越来越动听；人遇到困难时也会变得坚强。所以，我从来没有看到过妈妈落泪，她总是很乐观、开朗。

048

妈妈虽忙，但也有自己的时间，她也会认真地学习她还不懂的知识，有时比我还认真呢！当晚上一切家务活都忙完时，妈妈就会迫不及待地捧起医学书，如饥似渴地读起来。她不分昼夜，像一块干燥的海绵，吸吮着知识的甘霖。妈妈就像小河一样奋勇直前，让自己汇聚到大海里，一步一步地向目的地前进。妈妈对我言传身教，让自己成为我上进的榜样。

就这样，我一点一点地长大，直到我上学了。每天放学后，我总会看到妈妈站在校门口的大树下。有时，一阵微风吹来，那头发就会微微扬起，遮住妈妈小巧玲珑的耳朵。这时，我就会挥挥手，大声地喊："妈妈，我在这里！"妈妈一听到这熟悉的声音，就会转过身来，露出灿烂的笑容，回应道："过来吧，雪儿宝贝！"我快乐地跑到妈妈跟前，用心"啵"地亲了妈妈一下，然后顽皮地歪了一下头，妈妈也"啵"了一下我。当我上五年级时，她依然准时出现在校门口，只是身影有些疲倦了。我就像小河里的小鱼，天天爱着我的长河——哺养我长大的母亲。

啊，母亲，我怎能忘记你的恩情呢？是你给了我生命！给了我一切！

母爱是一条长河，但长河里的小鱼儿总有一天会离开养育它的长河，汇聚到大海，汇聚到汪洋，去得到更多的知识，去探索更多的未知世界。而妈妈，您是我一生永远不会忘却的牵挂，您是我生命中永远温暖的太阳。无论走到哪里，我都会牢记您对我的爱。

（指导教师：张洪涛）

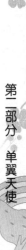

装在巧克力盒里的爱

张佰俊

在我记忆的长河中，有很多小事，闪着光芒，经常会再次出现在我的脑海。

我三岁那年，上了幼儿园。

有一次，妈妈去北京出差，留下爸爸照顾我。我第一次离开妈妈（也许以前离开过，但我还不记事）。

我在幼儿园睡午觉，总是想起妈妈，她笑起来的酒窝真好看！一闪一闪，亮亮的。

晚上，爸爸给我讲故事。会飞的彼得潘还没有打赢铁钩船长，爸爸就打起了呼噜。一点儿都不像妈妈那么耐心，总是等我睡着才离开我的小屋。

妈妈回来那天，给我带回来一盒巧克力。

巧克力盒子的外形是圆圆的，有点扁，上面有几颗星星。那是我第一次吃巧克力，巧克力的味道有点甜又有点苦，细细的、滑滑的，我吃了一个又一个，妈妈怎么拦都不行。

那天晚上，我抱着巧克力盒子睡着了，因为，巧克力盒里装满了妈妈的爱！

第二天，我的嗓子有点疼，在幼儿园一直喝水。老师说我有点发烧。

从幼儿园回来，我第一件事就是奔向茶几上的巧克力盒子，准备美美地吃一顿。可是打开盒子却发现，一块巧克力也没有了。我一下子就哭了起来。

我抱着空巧克力盒不肯吃饭。

爸爸走过来告诉我："宝贝，妈妈吃了巧克力，因为妈妈怕你巧克力吃多了会生病，你瞧，你嗓子都有点疼了……"我似懂非懂地擦干了眼泪。

我抱着空巧克力盒子进入了梦乡，虽然我那时还不明白，空巧克力盒里也装满了妈妈的爱。

（指导教师：丁伟）

父 爱

刘天萌

"父爱"，这字眼儿是多么的平凡，但"父爱"，又是多么的不平凡。

我的爸爸是一名普通的高中数学教师，在我眼里，他是世界上最伟大的爸爸。爸爸平时言语不多，但我总能从他的目光里看出严厉，心里对他总是觉得怕怕的。最近一段时间，爸爸每天送我上学，下班后又接我回家。虽然我放学后很晚他才来接我，但我从来没有抱怨过爸爸来得太晚。我知道，爸爸已经很不容易了，不仅自己的工作不能落下，还要把我挂在心上。爸爸真的很辛苦！

就在三个星期前，由于我不小心，上楼梯时把右脚崴了，当时就不能走了，脚脖子肿得很高。爸爸知道后骑车狂奔，当他上气不接下气地来到我跟前时，脸都变了颜色，急忙问我疼不疼，看了一下我的脚，抱着我就到了附近的门诊。医生诊断后，拿了一些药和止疼膏。接着，爸爸又把我背回家。以后的三个星期里，爸爸每天把我背到教室，等到放学以后再把我背回家。从学校到家约有四五里路呢，爸爸就这样背着已是六年级的我，从不抱怨。每每伏在爸爸的背上，看到爸爸并不宽厚的背，心里就会泛起丝丝忧伤。小时候我很喜欢骑着爸爸跑，喜欢骑着爸爸长大个儿，喜欢爸爸驮着骑大马。爸爸总是嘻嘻哈哈地满足我，我总是嘻嘻哈哈地拍打着爸爸的背，让马儿快跑，让马儿长高。我那时候年纪小，还不懂得什么，只知道享受自己的开心。现在趴在爸爸的背上，有些懊悔。

爸爸，您太累了！您太辛苦了！这么多年来，您无时无刻不在保护着我、关心着我、爱护着我！不仅这样，您还用您的严厉教诲我，让我在人生的道路上学会怎样自己去处理生活和学习上的一些事情，怎样去面对一些难题和挫折。爸爸，您就像一棵大树，我偎依在大树的怀抱，惬意又温暖。

　　哪个孩子在父母眼里，不是长不大的孩子呢？父爱是无私的，父爱如同辽阔的海洋无边无际，如同高耸入云的连绵群山一般。父爱汇成的暖流渗透在我生活的每一个细节，呵护着我的成长。我爱我亲爱的爸爸！

（指导教师：赵洪艳）

啊！我生命的小火车

金 彤

"哐哐哐……哐哐哐……"

爸爸的手机里珍藏着这样一段动听的彩铃。

一天，爸爸突然问我："你听得出这是什么声音吗？"我接过手机贴在耳边仔细倾听着。那节奏是那么的清晰鲜明，那么的充满活力。"我听出来了！是火车！""哇！啊……"接下来的竟是一声响亮的婴儿的啼哭声，我茫然了。

爸爸掩饰着几分激动，微笑着说："这是你出生时的胎心音，和你第一次的啼哭声。那时你心跳每分钟一百四十次。""什么？"我望着爸爸海一样深邃的目光，按捺不住激动的心跳……啊！这不是一款小小的手机，分明是凝聚着深深父爱的月光宝盒。

053

为迎接我这辆满载亲情之爱的"小火车"，"小站"上的亲人们兴奋地忙碌着。妈妈不停地"加能"。初期，怕我这辆小火车出故障，妈妈忍着阵阵呕吐，感冒发烧也不吃药，在病痛中坚持着。我在妈妈的肚子里渐渐大了，尽管顶得妈妈呼吸有时都有点困难，可妈妈还是不停地为我补充热能。腿浮肿疼痛，就跪在床上吃饭。怕我寂寞，为我念古诗，数数字，讲故事……接下来的是忍受剖腹产手术的痛苦……妈妈，是您太阳般火热的母爱，孕育了一个新的生命。二百八十个日日夜夜啊，倾注着您多少痛苦与幸福交织着的深情。

爸爸，您是一个任劳任怨的"后勤部长"。海南的椰子、芒果，北国的冻梨、冰糖葫芦，山东的人参、火龙果，西疆的吐鲁番葡萄干和哈密瓜……扛回来的那辆唱着摇篮曲的小摇车哟，载着您多少甜蜜期盼，走进我的梦。

奶奶，您在屋里挂满了一面面缤纷的"万国旗"（消毒尿布）。起早贪黑，缝制着一件件升位排列的小睡衣，您千针万线编织着哟，多少温馨的祝福叮咛。

那一声嘹亮的啼哭，又让千里之遥赶来守候在产房门前的外公外婆，欣喜得热泪盈盈……

爸爸，我的回答没有错，这是辆"火车"，是我生命的小火车，他正鸣着嘹亮的汽笛，驶向一个洒满爱的阳光的小站。那嘹亮的汽笛，是感恩的赞歌，赞美着人世间伟大的父母之爱，赞美着人世间血浓于水的骨肉亲情……

啊！我生命的小火车，带着一颗感恩的心还会驶向前方的小站，我坚信，每一个小站都会有阳光般的爱在迎接着我，因为我们的世界充满爱！充满情！

（指导教师：张君）

妈妈的手

穆蕙莲

去年春节，我和爸爸妈妈回大连探望亲爱的姥姥。

瞧，沈阳的冬天一如既往的冷。虽然爸爸妈妈把我武装得严严实实的，活像一只来自南极的摇摇晃晃的大企鹅，但我仍冻得直发抖。好在火车的车厢里很温暖，没一会儿，我就快乐地玩了起来。我们搭乘的火车，"轰隆隆"地向大连呼啸而去。在妈妈讲的那一个个传奇而美丽的故事中，我们不知不觉就抵达了大连。到了大连已经是晚上十一点了。虽然大连比沈阳暖和，但是，半夜的海风也冷得刺骨。舅舅为了不让我受冻，不但提前到车站来接我们，还给我带来了厚厚的羽绒服。看着等在寒风中的舅舅，我的心暖暖的，鼻子却酸酸的。

第二天一早，爸爸妈妈就带我去海边了。虽然阳光灿烂，但扑面而来的海风，那可真是刺骨啊！我们沿着蜿蜒的海岸线走着。极目望去，那起起伏伏的海岸线，有着粗糙而简单的美丽，我喜欢这种自然。

整个上午，我们一家都在海边快乐地拾着贝壳和海菜。瞧，爸爸妈妈为了拾到海里的海菜，把鞋都弄湿了。而妈妈的手也因在冰凉的海水中浸泡太久而冻得通红。可一直沉浸在快乐之中的我竟然根本没有发现，等我们回到姥姥家时，妈妈的手已经不能动了。

我给妈妈打来温水，帮妈妈暖手，妈妈的手慢慢地能活动了。那一刻，我在心底暗自发誓：要做一个孝顺的女儿，要用一生的爱来回报爸爸妈妈的关心。

假期一眨眼就过去了。但妈妈那红红的手却一直萦绕在我的脑海，挥之不去。我要做个小主人。我要学会做家务，尽量帮助父母，以此来报答父母的养育之恩。

（指导教师：张晓丽）

第二部分 单翼天使

爱的误会

云　蕾

这几天，我总觉得妈妈对我的爱转移了，转移到小妹娇娇的身上了。

一天，我放学后坐在沙发上看电视，一会儿看见妈妈领着娇娇回来了。咦？娇娇出门的时候，还穿着那条旧的蓝色牛仔裙，怎么现在变成了一条崭新的粉红色裙子了呢？哼，一定是妈妈买给娇娇的。妈妈偏心，越想我的心里就越不是滋味，我的嘴巴撅得能挂个油瓶子了。

妈妈见状，走到我面前，不解地问："蕾蕾，咋啦？啥事不顺心了？"我心一酸，委屈的眼泪一个劲在眼眶里打转儿。妈妈见我快哭了，更着急了，连忙拉着我的手，关切地问："我的宝贝，到底怎么了？谁欺负你了？"此时此刻，眼泪不由自主地滚了下来，我委屈地说："没有人欺负我，妈妈你偏心，我看着娇娇的新裙子眼红。你为啥给娇娇买裙子，却不给我买呢？妈妈你偏心，妈妈你是不是不爱我了？"

妈妈一听，笑了，柔声细气地对我说："原来是这样啊，傻丫头。"妈妈用手轻轻地摸了摸我的脸，说："傻丫头，是你在外地工作的二姨昨天回来看你姥姥了，我刚才在街上碰到了她，她就给娇娇买了这条裙子。说还要给你买一条，但不知道你喜欢什么颜色、什么款式，她说一会儿要来咱们家，带着你一起去买一条呢。"妈妈的话，像缕缕春风，"另外，妈妈还给你买了一双你最喜欢的粉红色运动鞋，你瞧，这样的话，你还比小娇娇多一件呢。"妈妈一边说，一边从鞋盒子里取出那双可爱的粉红色运动鞋。哦，我顿时觉得自己的脸一阵红儿，一阵白儿。这时候，我的眼泪流得更凶了，但滋味和刚才的不一样。我一下子扑进妈妈的怀里，说："妈妈，我错了，我错怪你了，我误会了你的爱。"然后我回过头来，对着小小的还不懂事的娇娇说："妹妹，你的裙子真漂亮呀，来，过来，让姐姐抱抱你！"

我和娇娇甜甜地抱在了一起，妈妈也凑上前来，一手搂着我，一手搂着娇娇，幸福地笑了笑，然后又在我们的脸上各吻了一下。

　　我豁然开朗，天底下，没有哪个妈妈不爱自己的女儿，血浓于水，妈妈对女儿的爱，永远不会转移，就像月亮永远爱着星星一样。而做女儿的，应该有一颗善良、孝顺、理解的心，把爱心回报给妈妈。

（指导教师：刘凤梧）

057

第二部分　单翼天使

无声的爱

王玉明

我的妈妈是位平凡的母亲。她胖乎乎的脸上爬上了一条条细细的皱纹，粗糙的手上渐渐烙上了岁月的伤痕，但眼神中却充满了不平凡的目光。

三年级的时候，老师第一次教我们做风筝，我高兴极了，回到家后，急忙约了几个小伙伴去田里放风筝。那块田虽然有些凹凸不平，但没有一棵庄稼，光秃秃的，踩上去软软的。我们在上面跑来跑去，别提有多开心了。

不知不觉天黑了，在妈妈的再三呼唤中，我匆匆赶回家。妈妈看到我满头大汗，急忙拿来热毛巾给我擦汗。我笑眯眯地望着妈妈，在妈妈的目光中，我看到自己额头上豆大的汗珠慢慢消失了。

"咚咚咚"，忽然传来了一阵急促的敲门声。我回头一看，一位叔叔正气喘吁吁地走进我家，凶巴巴地说："你家的儿子太不像话，竟跑到我家的桑苗地里放风筝，把我昨天刚嫁接好的小桑苗全踩坏了！"我知道自己闯了祸，心"怦怦"地跳了起来，缩紧了身子向妈妈身后靠去。谁知妈妈用力推开我，目光中已没有刚才的慈祥，取而代之的是止不住的怒气。一秒……二秒……时间过得好慢，我觉得我的心都要跳出来了。

"真对不起，是我不好，没管好孩子，我明天和他爸爸去把踩坏的小桑苗重新嫁接好，真对不起了……"在妈妈一声声的"对不起"中，那位叔叔终于走了，但妈妈却一晚上都没和我说一句话。

第二天一早，我背起书包想去上学，看到妈妈拿着锄头急匆匆地走出家门，我悄悄地跟了上去。妈妈来到了我昨天放风筝的那块田里，望着妈妈蹲着忙碌的身影，我惭愧极了，走到妈妈身后，轻轻说了一句："妈妈，我错了。"妈妈转身看着我，用手摸着我的头，温柔地说："知道错就好了，快去上学吧！"我哭了，妈妈却笑了，我看到妈妈看我的眼神里充满了希望。

啊，妈妈的眼神是无声的语言，无声的爱。

（指导教师：孙秋月）

有一种爱叫牵挂

段智恒

你知道吗，父母的爱就像一本内容丰富、意味深长的书，我们需要用心去感受，才能读懂它，理解它。

那天，同学热情地邀请我去他家参加他的生日party，爸爸妈妈爽快地答应了，不过一再叮咛我要注意安全，到了同学家一定要打个电话回来。当时我微笑着答应了，但心里却嫌他们啰唆：同学家和我们家不就隔几条马路，我都走N遍了还担心什么？

到了同学家，我和同学们开心地玩着，压根就没想爸妈嘱咐的话，更没想到给他们打电话。快乐容易让人忘记时间，当我们唱完《Happy Birthday》的时候，夜幕已经降临，墙上的挂钟已响了九下。这时我才和同学们告别回家。

当我从昏暗的小区小路走到大街的十字路口时，突然，在明亮的灯塔下，我看到了两个熟悉的身影。是我的爸爸妈妈！在灯光的照映下，他们脸是那么的憔悴。妈妈脸上原本还笑容满面，现在却满脸愁容，焦虑的目光在四处张望；爸爸则拿着手机，转来转去的……就在我要跟他们打招呼的时候，妈妈也看见了我，她拍了爸爸一下，就向我奔跑过来，一下子把我搂进怀里。爸爸跟着跑了过来，轻轻地拉着我的手，抚摸着我的头说："总算见到你了，总算回来了。为什么没给我们打电话，这么晚还不回来？你不知道爸妈多担心呀！我打了好几个电话，却又不知你在哪里，只好站在这里等，都等一个多小时了。"这时候，我才感觉到爸爸的手有点潮湿，有点冰冷。责怪的话语有点低沉，甚至有点颤抖，却让我感到如此的温馨！而妈妈呢，仍然紧紧地抱着我，生怕我跑了似的，一句话都说不出来……

就是那一天，我读懂了，我知道了，这种爱的名字叫牵挂。

(指导教师：孔彪)

第三部分

爱的许愿树

　　在这次火灾中，你们失去了很多，很多……但你们至少还有我和姐姐，我俩会给你们帮助和祝福的。我不会忘记，你们对我的疼爱。我小时候体弱多病，妈妈你不知熬了多少不眠的夜晚，那焦急的样子，我将永生难忘。还有爸爸你，冒着酷暑，跑了几十里路，为我去买一本书，当我看到你满面笑容、满脸汗水，把带着墨香的书送到我手中的时候，我禁不住扑倒在你的怀里，眼睛里噙满了幸福的泪花。

——郭翠萍《给爸爸妈妈的一封信》

我知道，我一直都知道

杨骈骈

妈妈：

　　您好！

　　妈妈，我知道，我一直都知道，您生我的时候，花费了多少心血。因为那个医生经验不足，先破了您的羊水，所以，您生我时十分困难。医生真是用了千方百计，可最后我还是只露出三分之一的身体，就再也出不来了。但是，您没有放弃，您为一个小生命负责，坚持不懈，用尽自己的最后一丝力气，终于将我生了下来——那时已经到了下午五点二十三分，医生都快下班了，我终于不负众望地出现在了这个世界上。可是您，却因为太累太累而晕了过去。

　　妈妈，我知道，我一直都知道，我出生十五天后就不再爱睡觉。这件事让您失去了宝贵的青春，您为我操碎了心。在一个寒冷的冬夜，已经很晚了，可我却毫无睡意，没办法，您就抱着我坐黄包车，漫无目的地在街上瞎转。只有昏暗的灯光，在寒冷的冬夜里释放着光芒；街上只有黄包车的"咿咿"声，偶尔带起几片枯黄的落叶，又迅速地落下……在一阵一阵的"颠簸"中，我终于睡着了。您欣喜地抱着我回到家中，可我"不争气"，刚躺下十分钟，便又哭醒了……

　　人们总说小孩子是灯，那我肯定是一盏不省事的油灯。七岁那年，我患上了"抽动症"。您四处打听，整日东奔西走。好多医生都说这病没有办法治，可是您似乎不到黄河不死心，坚持自己照顾我，并且对我多加了一层关怀。也许，上天也被您的付出打动了，我竟然奇迹般地好了起来。那时，我

062

也开始懂事了，也第一次被您对我的爱感动了。

妈妈，我知道，我一直都知道……在您无私的爱中，我才能健康快乐成长。

祝您

工作顺利！

杨辩辩

3月26日

（指导教师：李梅）

李老师，我想对您说

张子霁

李老师：

　　您好！

　　我想大声地对您说，我爱您！

　　以前，我不理解您，而现在我全明白了。您在上课时，有时会突然提高分贝讲课，同学们经常以为您是在吓唬我们，其实，我知道您是想让我们听得更清楚一些，因为每每那个时候，不是您要强调重点，就是有同学开了"小差"；您经常走着或站着讲课，一节课经常不坐一下，同学们以为您是要监视我们有没有搞小动作或说话，其实，您是为了让后面的同学听清楚一些，注意力更集中呀；您还经常拓宽我们的视野，给我们上一些相关的综合实践课，晚上经常熬夜，做一些课件给我们看，找一些资料讲给我们听；您还经常把一篇课文的重点难点不辞辛苦地抄在黑板上，让我们抄下来，背下来，并让我们运用到作文中去。

　　我清楚地记得，有一次您生病了，满脸憔悴的您还坚持给我们讲课，一节课中，我看见您悄悄吃了两回润喉的药，但是，那一节课下来，您的嗓子还是哑了。我本以为您要回办公室休息，可您又叫了两名同学给他俩单独讲解昨天的家庭作业。李老师，当时我真想劝您回家休息，但我知道，劝是没有用的。这么多年，您没有因为生病，耽误过一节课。平时，您为了尽快批完我们的作业，经常加班加点。上课我们写，您在批；下课我们休息时，您还在批。有时，我们上午刚考完试，下午您就把试卷发给我们，我想中午您一定是没有休息；有时，您被调皮捣蛋的同学惹生气了，拿书的手高高地举起又轻轻地落下，因为您已经把我们当成您的孩子了呀；有时，有哪个同学不舒服了，您会急匆匆地跑下讲台，跑到那个同学身旁，嘘寒问暖……

您对我们的关爱，我无以为报，我只能在心里无数次地说："我爱您，我爱您……"

祝您

身体健康！

您的学生：张子霁

3月25日

（指导教师：李文娟）

爸爸妈妈我想对你们说

郑杯杯

亲爱的爸爸妈妈：

你们好！

我有无数的心里话想对你们说，就让我向你们敞开我的心扉吧！

当你们把我带到这个世界上，听到我的第一声清脆的哭声，听到我第一次学会叫爸爸、妈妈的时候，我知道，你们心里是多么开心。从那以后，你们把我视为掌上明珠，疼我，爱我，无微不至地照顾我。当我遇到困难时，你们会腾云驾雾似的来到我身边，为我排忧解难。在那时，我觉得这个世界是多么美好，水是那样清，天是那样蓝，阳光是那样灿烂，我是这个世界上最幸福的孩子。

可是，在我十岁那年，弟弟来到了我的生命中。从那以后，你们便把对我的爱都给了他，把他当成你们捧在手心里的宝。弟弟要什么东西，只要他撒一下娇，你们就会毫不犹豫地答应他，满足他的要求。可我呢？

有一次，我和几个好朋友约好一起去买书。我一回到家，就向你们报告这个我心中的乐事——买书。可是，爸爸，您的头摇得像拨浪鼓似的，第一个不答应。接着，妈妈您也插上几句："买书是好事，可是你总是买了不看，图个新鲜。家里那么多书，等你看完了再说吧！"我听了好失望，心里是一万个不愿意。因为家里那些书不是《十万个为什么》，就是童话、故事书。我要买的可是情节跌宕起伏、引人入胜的小说啊！可是，你们听了更加火冒三丈："童话书也是书，小说也是书，不是一样的吗？我说不行就不行！"我听后，更急了，大声叫起来："我要买嘛，我就要买！"我吵啊，闹啊，可是都没用，你们就两个字："不行！"我没有办法了，只好拿出自己好不容易积攒起来的零花钱和好朋友们去买书。

爸爸妈妈，你们能理解我当时的心情吗？你们是否想过我的感受？当我问起你们为什么弟弟要什么有什么，而我要一样东西是那么难的时候，你们总是说弟弟还小，不懂事，当然什么事都要随着他了。可是，事实真的是这样吗？还是因为弟弟是一个男孩？难道这就是人们所说的"重男轻女"吗？

记得有一次，妈妈您发现钥匙不见了，就把家翻了个遍，可是仍然没有找到。您忽然想起钥匙一开始是在我手上，就问我钥匙在哪儿。我惊讶地回答："钥匙不是在您手上吗？"您听了，说："没有啊！""可我明明交给您的。""没有？难道它会不翼而飞？小孩子不可以骗人的，快还给妈妈！""我……我给您了。"说到这儿，我已是两眼泪汪汪的了，可您还是用愤怒的眼神注视着我，那眼神里透露出您对我的不满。我的心深深地被刺疼了，妈妈，您真的冤枉我了！这时，爷爷走进来，拿着一串钥匙说："刚才天天（我的弟弟）把钥匙拿到我这儿来了，是不是你的？"您见了，怔了一怔，然后装出一副满不在乎的样子，说："哦，原来是天天呀，没关系，乖！"我见了，忍不住哭了，呆呆地站在那里，心想：妈妈这样做，真是太不公平了！

爸爸妈妈，你们真的不在乎我了吗？如果不是这样，那么请不要把你们对我的爱永远深埋在心底。这是女儿的心声，你们能理解吗？

祝你们

身体健康！

你们的女儿：郑杯杯

5月9日

（指导教师：马明芳）

067

给爸爸妈妈的一封信

郭翠萍

亲爱的爸爸妈妈：

你们好！

这些天我的心情非常沉重，因为我看到你们吃不下、睡不着、泪流满面的样子，我的心里就像灌满了铅一样沉重。家里发生了这么大的火灾，我真不知道该用什么话来劝慰你们，但又有许多话想说，所以我流着泪给你们写这封信，想表达一下我对你们的爱，对你们的感激，对你们的安慰之情。

十几天前的那场大火，把我们家的沙发厂烧成了灰烬，十几间房屋和所有的沙发产品，都在几个小时内化为乌有，冲天的大火和滚滚的浓烟，在距家很远的地方都能看到。尽管闻讯赶来的人们奋力扑救，却无法挽回那巨大的损失。你们辛辛苦苦几十年创下的家业，就这样随风而去，你们是何等的悲痛。我知道，你们的心在流血！我的心也在流血！原来一个多么幸福快乐的家庭，却在瞬间遭受了前所未有的打击，你们不吃不喝，一病不起，这让我这个当女儿的可怎么办呢？

我要说，既然灾难已经发生，就让我们共同面对吧，何况在我们身后还有村委，还有那么多的好心人救助我们，我们一定可以渡过难关的。

亲爱的爸爸妈妈，还记得你们是怎样教育我的吗？小时候，我胆子特别小，害怕一个人待在家里，害怕走夜路，害怕各种各样的小虫子，你们就对我说："不要怕，要坚强！"你们带我和姐姐爬山，当我们累得停在半山腰，喊着要回家的时候，你们对我俩说："不要怕困难，要勇敢地战胜它们。"当我在学习上遇到困难，在竞赛中失败而哭鼻子的时候，你们说："人生的道路是不平坦的，会经常遇到不幸和挫折，要把它们当成磨刀石，培养起坚强的意志，去迎接各种严峻的挑战。"你们是这样说也是这样做的，你们充满艰辛的创业历程不就是最好的证明吗？在你们的言传身教下，

068

我已变得不那么胆小，不那么脆弱，不那么爱哭鼻子了，所以我也希望你们能像以前那样的坚强。

也许这次的事件对你们的打击实在太大了，你们才如此的悲痛欲绝，但我相信，你们一定会重新振作起来的。

在这次火灾中，你们失去了很多，很多……但你们至少还有我和姐姐，我俩会给你们帮助的。我不会忘记，你们对我的疼爱。我小时候体弱多病，妈妈您不知熬了多少不眠的夜晚，那焦急的样子，我将永生难忘。还有爸爸你，冒着酷暑，跑了几十里路，为我去买一本书，当我看到你满面笑容、满脸汗水，把带着墨香的书送到我手中的时候，我禁不住扑倒在你的怀里，眼睛里噙满了幸福的泪花。像这样的事不胜枚举。亲爱的爸爸妈妈，你们的爱一定会有回报的，姐姐考上了大学，我的学习成绩也越来越好，我们会成为你们的骄傲的。

同时，我希望你们两个不要太辛苦了，挣钱不容易，但是保重身体更为重要。我希望你们能尽快地好起来，与我们一道、与大家一道重建和谐幸福的家园。

母亲节、父亲节快到了，预祝你们节日快乐，到时女儿会送给你们我精心制作的礼物，以感谢伟大的父爱和伟大的母爱。

祝爸爸妈妈天天快乐！身体健康！

爱你们的女儿：郭翠萍

（指导教师：刘山）

第三部分 爱的许愿树

在爱的奉献中永生

——给丛飞叔叔的信

宋雨蔚

敬爱的丛飞叔叔：

我首先在这山花烂漫的初夏时节向您问好！这封信您可能收不到，但我坚信我的呼唤您一定能听到，因为天使从未离去，巨星也永远不会陨落！

您是一位歌手，也是一位志愿者。在您未当爸爸之前，您就已经用父亲特有的慈爱对待那183个因贫困而辍学的孩子、残疾人和孤儿。为了他们，您付出了常人难以想象的代价。一句小小的承诺换来您多少个不眠之夜，孩子们稚嫩地喊一声"爸爸"，您又是何等兴奋！

您是明月，183个孩子就是围绕着明月的一颗颗小星星！当小星星的轨迹忽然进入一片黑暗时，您像光明的使者，用自己的光照亮了他们。

您是太阳，183个孩子就是紧随着太阳的一朵朵小葵花！当小葵花正拔节生长却被乌云遮住阳光时，您像燃烧的火炬，及时给他们送去光明的养料。

我没有亲眼看见您做的一切，但我能用心去感受……

我没有亲耳听见您说的话语，但我能用心去聆听……

我也没有忍受过您那常人难以忍受的痛苦，但我能用心去理解……

我更不是那183个孩子中的一个，但我能用心去与你相通……

世上像您这样的人太少、太少了。有人为了钱财而失去自信、诚实、善良、尊严，有人为钱财铤而走险、身陷牢笼。有了钱，他们就骄淫奢侈地生活，醉生梦死地享受！

但我发现了您——世上最"美"的人！您用三百多万元资助了183个孩子，183个啊！作为一个歌手，您的一场演唱会可能就能赚到大笔的钱财，可您的家却是那样的清贫！当您自己身患癌症亟须医治时，您却把救命的钱捐往贵州贫困山区！

丛飞叔叔，您听到了吗？多少人在为您感叹：丛飞——用火红的青春和诚挚的爱心，谱写了一曲扶困助弱、无私奉献的动人乐章，折射出对人生、对理想、对事业的忘我追求……

丛飞叔叔，您看见了吗？在您离开我们的日日夜夜里，亲情、友情，凝成无限深情；鲜花、泪花，汇成不尽哀思……

丛飞叔叔，您在哪里？莫非那叫得最欢最甜的小鸟，是您派来的使者？莫非那飘得最轻最柔的白云，是您带回的问候？莫非那开得最鲜最艳的红梅，是您的灵魂？莫非那长得最青最翠的松柏，是您的丰碑？

丛飞叔叔，我在寻觅，哪里是您生命的足迹？公益义演四百场，留下您巍峨的身影；义工服务六千次时，荡起您微笑的涟漪。您走了，无怨无悔地走了，走到了常人不能到达的境地……

人生就像一篇精彩的寓言，不在篇幅的长短，而在内容的丰厚。您的一生虽然短暂，但却辉煌！您的一生虽然坎坷，但却光荣！您像流星一样逝去，又像恒星那般光照人间！您是民族百花丛中纷飞的蝴蝶，您是祖国春色满园中最美的亮点……

丛飞叔叔，您与天地共存，您与日月同辉！

丛飞叔叔，您在天国永——生——

永远敬重您的人：宋雨蔚

（指导教师：朱劲松）

我知道，我一直都知道

陈志伟

妈妈：

　　您好！

　　我知道，我一直都知道。妈妈，您每天早出晚归，是为了什么。一开始，我发现，您一大早就不见了影，我只好垂着头跟爸爸上街去吃早餐！晚上，您只要一做好饭菜又马上不见了踪影，在我童年幼小的心中，只是认为您是会飞的超人，"唰"地一下不见了踪影，在到处飞。不过，时间不久，我就发现，您不是来无影去无踪的超人，而是大清晨就跑车间干活去了。然而，这些，我哪懂一点呢？后来，您因为过于辛苦，病了，头开始痛了。爸爸让您休息休息，可您硬要去工作，不让我担心。您以为我不知道您病了吗？我一直都知道。

　　我知道，我一直都知道。在我的身体中，兴起过一次轩然大波——鼻炎。我得鼻炎，又牵动到了中耳炎，两种病，如同两只猛虎把我扑倒。您带我到了医院，询问、挂号、打针、吃药……但是似乎一点成效都没有。于是，您又把我拉到另一个医院去看，这次的药在我体内发挥了功效，鼻炎不再猖狂，可您还是忧心忡忡，因为您知道鼻炎是个麻烦病。果然，不久后，鼻炎又一次发作，医生说要做手术。我心里十分紧张，您似乎看透了我的心思，把医生拉到外面说了两句。我听不到，但可以猜得到，您是不想我受苦，看看可不可以先吃药，但医生摇头说不行。晚上回到家，您给我吃了药就去干活了，一句话也没说，但我在楼上听见了抽泣声。也许是上天被您感动了，最后，鼻炎没手术就自己消失不见了，您才重新露出喜悦的笑容。

　　我知道，我一直都知道。我在六岁那年，不小心头上碰破了一个洞，哭了起来，您和爸爸连忙把我送去医院，缝了三针。后来一醒来，我发现自己躺在家里的大床上，您和爸爸都围着我。我一照镜子，发现自己活像一个负

072

了伤的士兵。后来爸爸告诉我，在您欢快情绪的背后其实藏着伤心，您在手术室外一着急，眼泪就在眼眶里了。我听了多么感动啊，您从没有告诉过我这些，但我知道，我一直都知道。

我知道，我一直都知道——您这么任劳任怨、含辛茹苦地把我拉扯大，是多辛苦啊！

祝您

妇女节快乐！

您的好儿子：陈志伟

2011年3月27日

（指导教师：韩贵凌）

073

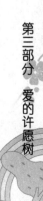

爸爸，我想对您说

罗凯妮

亲爱的爸爸：

下午好！

当您看到这封信的时候，请不要惊讶。为什么面在一个屋檐下的女儿会给您写信呢？因为女儿有好多话想跟您说，却不知如何开口。

今天早上，您出门去外地做生意。临走前叮嘱我："一个人在家要小心。"一个人在家？是啊，妈妈已经去世多年了，而姐姐也在很远的地方读大学，一年只回家两次。因此，每当您到外地去做生意的时候，不是把我送到叔叔阿姨家住，就是白天在爷爷奶奶家吃饭，晚上一个人回家过夜。但叔叔阿姨比较忙，还要抽空照顾我，所以他们无微不至的照顾总让我感到愧疚。

我已经是六年级的学生了，我长大了，总觉得老是拜托叔叔阿姨很过不去，就向您提出"自己照顾自己"的请求。刚开始您不答应，我知道，您是关心我，爱我，怕我出意外。但是，请您相信自己的女儿，我会学会独立的。最后，您同意午饭让我在学校吃，晚饭到爷爷奶奶家吃，再把楼下小半间屋子低价出租，好让我晚上一个人在家有个照应。

爸爸，谢谢您为我做的一切。我将好好学习，为您争光。我想，当您听到我被育才中学免试录取的消息后一定很高兴，为我感到骄傲吧！但是，您知道吗？当我发现您头上又多了几根白头发时，我的心中感到一种疼痛。

这几天晚上，您老出门。您没有告诉我您去干吗了，我也不会问，因为我知道您一定是为我去找"妈妈"了，对吗？从那些好心的邻居口中得知，您从始至终没找到一个合适的。看到这儿，您是否觉得难受？原本您是不让我到学校去吃饭的，让我回家给您烧饭。姐姐说是因为您一个人吃饭太寂寞了。您想妈妈了吗？当您想妈妈的时候会不会哭？您想妈妈的时候会怎么做？我要告诉您，我想妈妈的时候会看书，看书能让我忘掉一切烦恼和痛苦。

书上说，一支烟对人体的伤害非常的大，还能减少十一分钟的生命。爸爸。从我记事起，您就已经在吸烟了，您明明知道吸烟有害健康，那为什么还要抽呢？抽烟不光影响了您自己的健康，还影响了您周边的人。我们就是最大的受害者，我们吸了您的二手烟，对身体的伤害会更大。所以，爸爸，为了您的健康，为了家人的安全，女儿请您戒掉抽烟的毛病，好吗？你不是也爱喝茶吗？那请您想抽烟的时候，就喝一杯茶吧。爸爸，您能做到吗？

好了，就写到这儿吧，也许女儿有说得不对的地方，但那都是女儿的真心话呀！

祝您

身体健康！万事如意！

您的女儿：罗凯妮

5月8日

（指导教师：原阳）

爸爸妈妈，我想对你们说

唐依韵

亲爱的爸爸妈妈：

你们好！

在这月明星稀的夜晚，你们已经进入了甜美的梦乡。然而我却久久不能入睡。因为一闭上眼睛，你们对我的种种好就像放电影一样，一幕一幕地出现在我的眼前。所以，想写这封信，来表达我对你们的深情。

妈妈，我的衣食住行离不开您无微不至的关怀。从小，我就体弱多病。虽然您把我喂养得又白又胖，可我还老是生病。读幼儿园的时候，我就小病不断。记得一个冬天的夜晚，寒风凛冽，不争气的我受了凉，发了高烧。您拿温度计一量我的体温——39.5度。您吓了一跳，脸上浮现出着急不安的神情。那天，爸爸又刚好不在家。您犹豫了一会儿，就毅然背上我，冒着凛冽的寒风艰难地走出了家门。我被寒风吹得直打哆嗦。您发现了，便把自己的大衣给我披上，自己却穿着单薄的羊毛衫继续向前走。

走到半路的时候，您一不小心把脚给扭了，我见了，当时就要下来，可您硬是不肯，我没有办法，只好趴在您的肩上默默地流泪。来到医院，您挂号，交钱，忙得晕头转向，大汗淋漓。配了药，您又陪着我打点滴。为了减轻我的痛苦，您又给我讲起了故事。打完点滴，已经很晚了。那时，您的脚已经很肿了，可您仍然背起我。我不想让您背，可您却坚决地摇着头。回到家后，我倒头就睡，而隐约中，感觉有一双慈爱的手把我托起，喂我吃药。几天后，我的病好了，可您却累倒了。

妈妈，现在我是六年级的小学生了，身体也不像以前那么虚弱了，可您还是那么关心我。

几天前的一个早晨，我正要去上学，可天公不作美，突然下起了大雨，我只能望着窗外的倾盆大雨发呆。您见了，一把把我抱上车子，然后给我穿上一件新的雨衣，而您自己却穿了一件"千疮百孔"的破雨衣。到了学校，我惊讶地发现雨点把您打得像一只落汤鸡似的，浑身上下都湿透了。您却没有管这些，只是问我有没有淋湿。我摇摇头说没有，但是雨实在太大了，我的裤子早被无情的雨水打透了。可我不想让您再跑一趟。但是我错了，这一切，您早已看在眼里，您冒着大雨又把裤子送了过来，还亲手为我换上。我看着您浑身上下湿透了的样子，心如刀绞。可您却轻松地笑着让我回去好好学习。

爸爸，您是不是等得不耐烦了？这回，我该向您说说我的心里话了。

爸爸，如果我是在海上迷路的小船，您就是海上的导航灯；如果我是知识王国的迷路者，您就是我的领路人；如果……

是的，您就是我的第二位老师。记得有一次，我考试失利了，趴在床上失声痛哭，认为自己没有希望了。这时候，您走进来了，并没有骂我打我，只是对我说："孩子，成功的人不一定在攀登知识的高峰时一路都平平安安，他们也会遭遇一些挫折和困难，可他们并没有放弃呀！所以说，你也应该继续努力，不要气馁！"这些话，拨开了我心中的乌云，我一下子豁然开朗起来。然后，您让我把考试卷拿出来，一道又一道地给我讲解，直到我听懂为止。

爸爸、妈妈，千言万语都化作一句积存在我心中很久的话：我爱你们！
祝你们
身体健康，万事如意！

你们的女儿：唐依韵
2007年5月9日

（指导教师：赵丽丽）

第三部分 爱的许愿树

特等爸爸

余若昕

亲爱的爸爸：

　　您好！

　　爸爸，您一定想不到我——您的小甜心会给您写信吧！就在刚才，我们父女俩还通过电话呢！爸爸，我好想您！今天晚上要是不在纸上一吐为快，我肯定睡不着觉！

　　今天我有点不听话，妈妈又说了一遍那句最常说的话："让你爸爸给宠坏了！"的确，您很宠我，但绝不是溺爱。您的智慧使您清楚何时该斥责我的顽皮，何时又可以一笑置之。爸爸，您给我的感觉像天空，广阔得可以让我自由飞翔；你给我的感觉像大地，博大得可以让我放心依偎。

　　爸爸，您督促我学习时，像唐僧；陪我玩，和我抬杠时，却像个小孩。你总爱和我抢我最爱吃的菜，抢完了，又原封不动地夹到我碗里。我说您的心太软。您说，怕我营养不良，长大了伺候不了你。我笑着，又把菜夹到您碗里，眼里湿湿的。您一句"傻孩子"，菜最终又回到了我的碗里。

　　还记得上周六，我做完功课，您让我给您拔白头发。你的白头发很少，而妈妈的白头发却很多，总也拔不完。我说，您操的心比妈妈少多了。您说句"哪儿呀"，就没了下文。当时您肚子里一定是在喊冤吧？

　　从我上小学一年级到六年级，您一直为我做早饭，您做的饭比妈妈做的香多了；您洗衣服、擦地、晒被子样样都干；您在家从不抽烟、喝酒，真是个"打着灯笼也难找"的"特等"好男人！

　　寒冷的冬日，我总步行回家，一路瑟缩如一枚干瘪的枣。每每快到家时，总能见到您站在当街的路口，等我飞奔过去。那时的您，宛若曾在课本里见到的某个英雄，在风雪中屹立着，有永不倒下的英勇与威风。您伸过宽大的手，做我温暖的"手套"。我喜欢把冰冷的手放进您的脖颈或者腋窝，

078

听见您"啊"一声大叫，我便无比开怀。您一边呵斥我，一边将我的手拿出来，放在唇边哈着热气，等到手上的寒气驱散了，才放入您的腋窝，帮我暖到掌心发烫。这冬日的一抹温情，暖暖地定格在我软软的心上。

爸爸呀，您早该得个"最佳父亲奖"！我却迟迟未给您颁奖，倒是常和您抬杠，您说我知恩不报，我说我"知恩会报，只是时候未到"。

您出差了，还不忘每晚给我打电话。电话归电话，听得见您的声音，却见不到您慈祥的面容。我开始想您了，想您笑嘻嘻地和我吵嘴，和我抢好吃的，和我抢好玩的……我知道我离不开您，就像花草离不开土地！知恩就要报！爸爸，我打算在您生日时送您件特殊的礼物。离您生日还有半年，我就已经在策划着了，到时候给您一个惊喜……

爸爸，您曾说过，在您的心目中，爷爷奶奶排在第一位，我排在第二，妈妈居第三位，而您则在最后。爸爸，您真是个有责任感的好男人，您真是我的好爸爸！您为我开辟了一方充满阳光的土地。对您，我永存感恩之心。

爱您——我可爱的老爸！

祝您出差愉快！

您的小甜心

2011年4月6日

（指导教师：林巧铃）

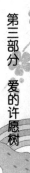

第三部分 爱的许愿树

爱的许愿树

张 媚

石头老师：

您好！

别人都说老师是蜡烛，是渡船，是辛勤的园丁，但我却认为老师是许愿树！为什么要这样说呢？想想看，我们许许多多的科学家、艺术家、文学家……他们每一个人都上过小学，他们后来的成就，不正是当年他们的老师和他们一起许下的愿望吗？现在，他们实现了儿时的愿望，成了社会需要的人才，不正说明老师对他们的期盼，曾经许下的愿望在他们心中生根、发芽、开花、结果了吗？所以我固执地认为：老师是许愿树！

可以这样说，一个人除了吃喝穿着，其他的一切都是老师给的，老师教育我们怎样做人，传授我们知识，伴随我们成长。我们班有不少同学在石头老师那里许下了愿望的种子，他们有不同的心愿，有的想成为发明家，有的想成为宇航员，有的想和您一样——当神圣又辛苦的老师，还有的……而我，却一直漫无目的地"摇晃"，寻找属于自己的种子。现在我有一种感觉，好像在混日子——是的，不珍惜时间就是在混日子！

石头老师，我不知道可不可以叫您妈妈！因为我犯了很多错，甚至影响了同学和班级，辜负了您对我的殷切期望，真不配叫您妈妈，但我还是从内心深处渴望叫您妈妈！

石头妈妈，您很爱学生，无条件地为我们奉献，从不求回报。我知道，您对我也有过特殊的偏爱（您从不嫌弃我，总是鼓励、信任我）。尽管很多老师说我很聪明，但我从小就调皮捣蛋，脾气还很古怪。我常常犯错，您总是会给我指出来，我有时还不服，心里埋怨着……不过，这是在气头上，等到气消了，也就知道您是为我好，是爱我的。

石头妈妈，此时我已经把您当作了知心朋友，就认真地和您聊聊真心话。我和您、和同学之间似乎有一些误会，我怕不解释清楚，就没有机会了。记得一次付静雯写作文说，那次运动会我们班输了，我好像一点儿也不在乎，没集体观念。其实不是这样的，我还在安慰她呢，可能安慰的时候说错了话，却造成了……好了，不说这些了，这也不能全怪付静雯，她也是无意的，并且还主动向我道了歉。

我现在把想说的都说出来了，心里十分舒坦。石头妈妈，我终于找到了属于我自己愿望的种子——珍惜现在的生活，好好读书，将来堂堂正正地做一个自食其力的人，这就是我活着的意义和目的！石头妈妈，您给我许个愿吧，您希望我将来做什么呢？

石头妈妈要注意身体哦！不仅意志要像石头那样坚强，身子也要像石头那样硬朗才好。千万不要因为我们把身体累垮了，这样大家都会心痛的……

石头妈妈，最后告诉您一点生活小常识，在睡觉之前把天然水晶放在眼睛上冰一会儿，可以预防眼病、减轻疲劳，希望您能试试！

石头妈妈，现在已经凌晨了，还有太多的话想说，但不能再写下去了，应该休息了，明早还要上学呢！祝福您！

您的媚儿

（指导教师：蒋开键）

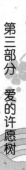

第四部分

远去的蝴蝶

　　它们可是我最忠诚的朋友，每天它们会准时守候在门口，等着我的归来。当它们瞪着那水汪汪的大眼睛，向你伸出小巧玲珑的小爪子时，你是不是也会感到无比的欣慰？

——王艺楠《狗情》

吟 花

朱恬熠

在大自然中，属花类最漂亮了，我喜欢茉莉的清纯可爱，喜欢牡丹的艳丽鲜亮，还喜欢玫瑰花的魅力无限。

花的种类繁多，而绝大部分的花都是有骨气的，比如说梅花。梅花在寒冷的冬天里依旧傲然绽放，冰清玉洁，虽说这是梅花开放的特性，但其中所蕴含的高尚品质和精神还是值得我们学习的。

还有一些花比较娇嫩，经不起什么风吹雨打，但是开放的时候却非常美丽，牡丹就是其中非常富有代表性的一种花。牡丹花生性娇艳，人们经常用它来比喻一些女郎。虽然其妖娆妩媚、漂亮大方的外表让一些过路的人都忍不住驻足而望，可是光鲜亮丽的外表下却隐含着不为人知的苦涩和辛酸。

还有一些花是属于比较中性的，从不偏向哪一方。茉莉花就是其中的一个典型。茉莉花，白中有点儿微黄，花瓣非常嫩，一捏就会出现痕迹，还会渗出水来。花叶始终衬托着花朵，花朵总是平平淡淡，好似落入风尘的仙子，不问世事，平淡一生，但它的清香却让人久久难以忘怀。

四季流转，大自然的规律不可改变，而四季的花则依旧竞相开放。相比较那些娇艳美丽的花，我更喜欢梅花和茉莉花这一类纯真的花。天下之大，花的种类也如此之多，我想，肯定还有一些我们没有发现的或者快要绝种了的花。因此，我们要爱护花草，保护大自然，让美丽的花来点缀世界，使我们的生活变得更加美好。

（指导教师：李晶晶）

我爱校园的白杨

王朝阳

我们的校园北面有一片参天的白杨，四季变换着色彩，装扮着美丽的校园，给我们带来了不一样的欢乐。

春天，几阵春风、几阵细雨过后，明媚的阳光洒满了校园，校园里的白杨就吐出满园醉人的新绿，那丝丝嫩嫩的绿叶含着阳光，像可爱的娃娃的那一张张稚嫩的笑脸，欢笑着来到校园。"嘻嘻！春天来啦！""嘻嘻！春天来啦！"小草为她们穿上嫩绿的草鞋；野花为她们穿上五颜六色的花裙子；鸟儿在枝头雀跃，为她们快乐地歌唱；小朋友拿出画笔，珍藏着这令人心动的美好时光。

啊！谢谢你，春天的白杨！是你，给我们送来了春的欣喜、春的梦想……

085

夏天的白杨早已枝繁叶茂，高高的树干像一架架通往蓝天的云梯，常勾起人们无边的遐想。这时的树林像绿色的云海，当然是鸟儿们的家了，舒适凉爽。你站在树下，真的"只能听见清脆的鸟鸣，却不见鸟的踪影"。抬头看，阳光下的绿叶，像缀了满树的金片，光芒四射、夺目耀眼。一阵清风吹过，碧涛翻涌，传来一阵阵如海潮般"哗——哗——"的响声，闭上眼睛，你会感觉自己置身于浪涛澎湃的大海边……

啊！谢谢你，夏天的白杨！是你，给我们送来夏的激情、夏的遐想……

秋天的白杨树悄悄换上了金色的盛装，在蓝天的衬托下，显得那么的灿烂，那么的辉煌，让你忍不住为她欢呼！"啊！多美的金树林呀！"秋风阵阵，一片片树叶随风飘落，像金色的电报报告着秋的喜悦，像金蝴蝶扇着亮亮的翅膀开着庆丰的狂欢舞会。下课铃一响，同学们就跑进树林，追着喊着："快来抢呀！天上下金片了！"校园里又是一片欢腾。

啊！谢谢你！秋天的白杨，是你，给我们送来秋的欢乐、秋的狂想……

冬天的雪花漫天飞舞，白杨树光秃秃的树枝上挂满了银亮亮、毛茸茸的霜条，闪闪发光，像冬天的魔术师，变出了满园的银珊瑚，呈现出"忽如一夜春风来，千树万树梨花开"的迷人景象！同学们在雪后的树林里堆雪人。看哪，雪妈妈、雪娃娃、太空雪人、机器雪人……打雪仗啦！"嗖嗖——"一串串雪弹打出一串串欢乐的笑声，那笑声那么畅快，那么爽朗。"哈哈哈……"

啊！谢谢你，冬天的白杨！是你，给我们送来冬的神话、冬的畅想！

啊！我爱美丽的校园，更爱校园里的白杨！

（指导教师：张君）

美丽的海棠花

胡静怡

我们校园的海棠花最美了！

清晨，一走进校门，我就会被教学楼前那几棵海棠花所吸引。远远望去，它们仿佛一片绚丽的朝霞，又似一团燃烧的火焰。

走近看才发现，海棠花四五成簇。看！那未开的，花蕾红艳，被绿色的花萼包着、护着，只露出鲜红的一点，似胭脂点点，如樱桃粒粒。伸手摸一下，花苞的中间鼓鼓的。猜一猜这里面藏的是什么？哦，原来是害羞的花蕊。瞧，半开的，宛如羞涩的小姑娘，遮遮掩掩，藏在绿叶中间，不想让我看清楚。盛开的更是漂亮，一簇簇，一团团，朵朵向上，密密层层，多像一群天真可爱的小娃娃，正张着小嘴唱着夏天的赞歌。仔细看，一朵朵小花像颗颗小星星，只有四个小瓣，水红水红的，中间一簇黄黄的花蕊，还挺像小梅花。

不知从哪跑来了个调皮鬼，摇晃了一下树干，花瓣纷纷洒下，我不禁伸出双手，兴奋地喊着："下花瓣雨了！下花瓣雨了！"枝头的海棠花微微颤动着，像只只娇嫩的蝴蝶在叶间尽情地舞蹈，也招来了勤劳的蜜蜂在花间忙碌。

如果说海棠花像一个美丽的少女，那么海棠叶则是她的衣裳。满树的绿叶，小小的，最小的只有指甲盖一般大，稍大点儿的有的像小蒲扇，有的像鸡心。可能与阳光的不均匀照射有关吧，圆圆的绿叶的正面是深绿色的，后面则是浅绿色的。细细的叶脉均匀分布着，与叶边的一圈小锯齿组成了这件绿衣的特殊花纹。最神奇的是，叶子上面还有一层细细的绒毛，就像是用来"保暖"似的，非常可爱。

我爱美丽的校园，更爱校园里花姿明媚、楚楚有致的海棠花！

（指导教师：张丽）

087

第四部分 远去的蝴蝶

花儿们背后的故事

王雅铮

一株花可以让你联想到什么呢？是花中精灵蜜蜂，还是花中仙子蝴蝶呢？可我脑海里浮现的却是种花者所付出的心血与汗水！

每个女孩子都爱花，我也不例外。我常常去花店闲逛，每当走进店门时，花的香气扑面而来，那些美丽动人的花儿们好像在欢迎我的到来，把我带进了一个充满鸟语花香的魔幻世界里。在那里，一切烦恼早抛在了脑后，找不回来了。一切都是那么宁静悠闲，使人心旷神怡。一切都那么美好而平凡。我爱花，花也爱我。它们常常跟我说悄悄话，也经常给我表演那多姿多彩的舞蹈，让我陶醉。我留恋那种沉浸在花儿们香气中的感觉，仿佛躺在一块柔软洁白的云朵上，轻快而舒适。眼前只要出现这些娇嫩欲滴的花儿们，我眼睛的疲劳一下就缓解了。我的脑海中出现的不再是大摞大摞的作业本和一道道难解的数学题，而是一个充满幻想的世界，一个属于花儿的世界……

正当我飘飘欲仙的时候，忽然被"咔嚓"、"咔嚓"的声音拉了回来。我吃惊地注视着那位"毁坏"花的人，生气地问道："花儿们一个个那样绚丽多彩，为什么要把它们的花瓣剪掉呢？没了花瓣就好像没了衣服，光秃秃的多难看呀！"他漫不经心地回答道："谁说我要剪它们的衣服呀，只是在把坏了的花瓣叶子剪掉而已，这样它们才能更美啊！"我似懂非懂地点了点头。"看你那么喜欢花，带你到我的工作间看看吧！"我小心翼翼地绕过每一片花瓣，生怕碰碎了它们，就这样，我跳着"芭蕾舞"到了那片"圣地"。那个叔叔好像是个导游，给我介绍了花的品种，让我受益匪浅。

我问叔叔，那花儿需要多长时间才能长成亭亭玉立的大姑娘呢？他说少则十天半月多则一两个月。在种花的过程中还要除去杂草，为它修剪枝叶等。这些听起来十分简单，但做起来就很困难了。就比如最简单的浇水，在夏天要多浇点，必须每天浇，要不花儿会受不了酷热而枯萎。现在我才知道，种花的学问还真不少呢！

临走时，叔叔郑重地将两颗波斯菊的种子放在了我手里，我开心地说了声"谢谢"，就蹦蹦跳跳地回家了。

我按照叔叔教我的方法，把它们种在了土里，我想用不了多久，它就会发芽了。其实花儿的美，全是种花者们辛勤劳作的成果，是他们用心血和汗水孕育了这一美好的事物。

在我心中，那一株波斯菊早已绚丽盛开了。它教会了我持之以恒，要有耐心等着它。我喜欢你——花……

（指导教师：张勇立）

第四部分 远去的蝴蝶

秋天的树叶

张 敏

　　炎热的夏天过去了，秋妈妈正忙着为花草树木准备金灿灿的秋装。不知不觉中，窗前的银杏树也穿上了秋装。秋风中，每一片树叶都在摇曳着，沙沙沙地作响，仿佛唱着一支丰收的歌儿。我不禁放下手中的书本，走向这一片金色。

　　看，那棵银杏，已经绿中透着黄，黄中透着绿。捡起刚落在脚前的那一片银杏叶，它的形状像折扇，又如鹅掌，深黄色的叶脉连着细细的叶柄，仿佛天上的神仙撒下的一把把伞，飘落人间。

　　看，那棵红枫树，它那红得似火的树叶在枝头上层层叠叠，密密麻麻。一阵风吹来，火红的枫叶仿佛在向你招手，又好像在欢迎你的到来。不时有几片深红的枫叶打着卷儿，落下枝头，落下来的动作，也各有不同：有的像红蝴蝶翩翩起舞；有的像小鸟展翅飞翔；还有的像舞蹈家那样，轻盈地在空中旋转着，慢慢地投入大地妈妈的怀抱。然而，她们终究要化作泥土，为树儿将来更加茁壮而奉献出自己的最后一份力量。

　　看，那棵杨树，叶子都快要掉光了，只剩下几片快要枯萎的树叶，被风姐姐吹落下来，在空中摇啊摇啊的。风停了，她终于慢慢地落到了树根妈妈的怀里。

　　我在想，我们祖国大地上，有多少人像秋天的树叶一样，默默为祖国、为人民奉献出自己的力量。让秋天的树叶在我们心中扎根发芽吧，那样，我们的未来才是充满希望的，才是美好壮丽的。

（指导教师：顾梅）

可爱的台湾竹

黄玉涵

　　我的小卧室的窗台上放着一盆台湾竹，那是我的一位好朋友转学时送给我的，他说这花来自台湾，叮嘱我要把这盆台湾竹放在有阳光的地方，每天要浇一次水，因为它喜欢阳光，爱喝水。

　　为了让它喝足，我干脆弄了一个大托盘，把花盆坐在里面，每天还把托盘里的水填得满满的，水顺着花盆底的小眼儿润进去，花盆里总是湿润润的，还长了一层绿绿的青苔呢！

　　瞧，不到两个月，它已经长到一百五十厘米高了。每根茎都差不多有小手指一般粗了。

　　台湾竹的茎不仅挺拔，而且非常柔韧，用手轻轻往下一压，它就会像弓一样弯下去，再一松手，又会立刻弹起来恢复原来的样子。台湾竹的叶子修长，比草叶油亮，二三十片分两三层，一端簇拥在每一根茎的上端，另一端自然散开，像夏日的小阳伞，像公园的喷泉，像节日绽放的礼花，还像秋天盛开的绿菊花。仔细看看，又什么都不像，它本来就是一盆溢着生命之绿的台湾竹。特别是每天刚刚浇水之后，你凝视着它，啊！分明是一片雨后的竹林，青翠欲滴，生机盎然，让你遐想联翩：要是能变成一个小人徜徉在这竹林里，那种感觉一定会很清新惬意吧？

　　突然有一天，我欣喜地发现，有一个尖尖嫩嫩的笋芽悄悄钻出土来了！接着，一个又一个地探出它们可爱的小脑袋，好奇地看着这充满阳光的世界，真是让人兴奋不已。

　　该分盆了，我把它们分栽到两个新盆里，搬到教室的窗台上。几天后，笋芽渐渐笑裂开了，又撑起一把把娇嫩的小伞，向老师和同学们捧送出一片爽心的绿意！

　　啊！多可爱的台湾竹啊！明年的你，会不会变成一片竹林呢？

（指导教师：张君）

可爱的鹦鹉

刘 溪

这是一只可爱的鹦鹉。它胖胖的，像个五颜六色的绒球。它头戴一条鲜艳的头巾，有一双黑珍珠似的眼睛，架着一副"白边眼镜"。那粗粗的颈脖上围着一条金灿灿的丝巾，看上去美极啦！特别是那一双涂了蜡似的小尖嘴，更是引人注目。配上那条绿莹莹的"连衣裙"，简直就像一个贵夫人。它银灰色的爪子不停地抓住笼子，还不停地叫着，像是在说："我美吗？我美吗？"

这小家伙不仅长得好看，还身怀绝技呢！你瞧，它在笼子里热情地跟我打招呼："你好，你好！"还不时伸长脖子，把它那可爱的小红嘴搭在平衡木上，好像要给我们展示独门绝技似的。一番热身后，它开始踮起脚尖，目不转睛地盯着平衡木，经过一番试探后，它好像找到了一个合适的表演位置，便飞快地把嘴搭在平衡木上，用力把身子吊起来，小脚缩起，"噌"的一声，就飞快地跃上了平衡木。扑闪了几下翅膀，然后左看看，右看看，好像在说："咦？怎么没有掌声呢？"一会儿，它又来一个一百八十度的大转身，得意地昂起头，像是在炫耀自己："我会走平衡木，你能吗？"那神气十足的模样，真像一位骄傲的杂技演员。

鹦鹉吃食可有意思了。瞧，它的爪子紧紧地抓住食盆边沿，把头一股脑儿伸进食盆里，尾巴翘得老高，津津有味地吃着。它吃食很讲究，吃稻谷时竟然还剥壳呢。吃饱了，喝足了，便不慌不忙地站在平衡木上，爪子牢牢地抓紧平衡木，眯着眼睛，一动不动的，好像在闭目养神，又好像在凝神静听，谁知它早已进入了梦乡。一觉醒来，它懒洋洋地扭转头，开始认真梳理自己的羽毛。它低头用小尖嘴在胸前、腹部、背上这儿理理，那儿梳梳，像美女梳妆打扮似的，一会儿，用力抖一抖全身的羽毛，羽毛就变得蓬松蓬松的。"你看我漂亮吗？我美吗？"自顾自地站在平衡木上得意扬扬地走来走去。

这只鹦鹉真聪明，我喜欢这只可爱的小精灵！

（指导教师：王峰）

092

狗　情

王艺楠

　　友情好似一潭清澈的湖水，甘甜而又平淡，宁静而又温暖。人与人之间渴望友情，那人与狗之间，也有友情吗？

　　狗是一种可爱俏皮的小动物，它十分通人性，也十分聪明。人类命令它们做一些简单的事情，它们都会轻松地学会。它们的生活多姿多彩，它们嬉戏，它们学习，它们运动……这一切都和人类多么相像。它们也懂得我们人类的感情吗？我觉得是的，它们懂得。

　　我家有两只狗，一只贵宾犬叫小泉，可爱得出奇，时而调皮，时而乖巧。另一只吉娃娃名字叫哆咪，浑身上下都是肉，也非常惹人喜爱。看它们在一起玩游戏，打滚；看它们抢吃的，打架；最让人搞不懂的是它们做什么事情总是在一起，酷似我们人类好朋友之间形影不离。我想，这就是小狗的友情。

　　好友间有时会有稍纵即逝的嫉妒吧，小狗也有嫉妒心呢！如果你过于重视一只狗，忽略另一只狗，那么，那只被忽略的狗，你看看它的脸，嘴角鼓鼓的，小鼻子干干的，时不时会流出一两滴晶莹的小鼻涕。这可怜巴巴的傻样儿，是不是颇像一个受了委屈的小娃娃？我会赶快去抱抱它，亲亲它，算给它点心理安慰吧！不过，它要是真的生起气来，即使你友好地向它伸出手想抱抱它，它也会不理不睬的。此时，我会与它聊天，轻轻抚摸它的毛，慢慢地，它会呼噜几声，表示自己的不满，然后会趴下享受我的爱抚，两撇小胡子和淡紫色的嘴角都微微上翘，充分表示出了自己的满足。当你离开它时，它会马上起身，跟在你身后，用脸蹭蹭你的裤腿向你表示感谢。这时，我总会情不自禁地说，多像可爱的孩子！

　　它们可是我最忠诚的朋友，每天它们会准时守候在门口，等着我的归来。当它们瞪着那水汪汪的大眼睛，向你伸出小巧玲珑的小爪子时，你是不也会是感到无比的欣慰？嘿嘿，我和狗是朋友！有时候，小狗们也会向你亮出它圆滚滚的肚皮，请求你拍一拍，闻一闻。它们还会眯着眼睛，静静地看着你，让你感到无比的温馨。这种感觉，胜似亲人团聚的感觉，不是吗？

不知是狗对我有情，还是我对狗有情，总之，我们与它们在一起，总是那么开心，没有任何烦恼，仿佛脚下踩着一朵幸福的云。

俗话说："信赖，往往创造出美好的境界。"是啊，无论是人与狗，还是其他动物之间，只要有信赖，都会让我们快乐，不是吗？

（指导教师：王海菊）

鸟儿啊，你在哪儿

吴潇雨

妈妈送给我一对虎皮鹦鹉。它们可漂亮了：蓝色的那只是雄性的，花纹像鱼鳞一样，肚皮鼓鼓的，有着绅士风度；雌性的那只鹦鹉尾巴长长的，金黄色的羽毛美丽极了，有着公主的气质。

我十分疼爱它们。每天放学一回家，我做的第一件事就是给它们喂食。虎皮鹦鹉十分通人性，每次我拿来几片菜叶，它们就会靠近来吃，小嘴一张一合，边吃边发出"叭叭"的响声，真是可爱极了！我还经常用树枝帮它们梳理羽毛，它们就会静静站着不动，哇，羽毛软软的……相处了一个多月，我和鹦鹉的感情也深了。每天，我去上学，它俩总会用鸟语和我打"招呼"，我也会对它们说"再见"。

一天，我突然想起三年级时学的一篇课文《珍珠鸟》，书中作者与珍珠鸟共同创造的美好的境界——鸟儿还停在作者的书桌上，甚至停在笔尖上睡着了——多么美好的画面呀！我突发奇想："如果我的虎皮鹦鹉也能……"其实，买鸟的时候老板再三提醒我，不要解开拴鸟笼的铁丝，鹦鹉会开门的。可是，这次我像着了魔似的，心想解开也没什么，我的鸟儿这么通人性，一定不会飞走的。于是我悄悄把铁丝解开了。

中午，我像往常一样回家，正准备给它们喂食，发现鸟笼的门开了一点点，只有一只鸟，我的心怦怦直跳。不会是鸟儿飞走了吧？应该不会的。我急忙看了看笼子里的小木屋，里面也没有。"哇……哇，妈！鹦鹉飞走了！"我大哭起来。

"怎么了？"妈妈闻声赶来。

"鹦鹉飞……走……了。"我的眼泪像决了堤的洪水。

妈妈觉得又好气又好笑："你为什么要把铁丝解开呢？"

"我……我以为它会像珍珠鸟一样停在我的书桌上，呜呜……"

那天傍晚，我一直站在阳台上望着天空，希望能看见那只鸟儿归来的身影。我的鸟儿，你在哪里？你过得好吗？……直到现在，每次听见和那只鸟儿相似的叫声，我都会跑去看看，看看是不是它回来了……

剩下的那只鸟儿伤心万分，不吃不喝的，没几天，也倒在了鸟笼里，离开了我们。好久好久，那悲伤的叫声一直刺痛着我的心。

爸爸劝我不要这样多愁善感，可他哪里知道这多愁善感的背后有我多少深深的自责啊！我多次埋怨那个写《珍珠鸟》的作者，为什么要把珍珠鸟写得那么好，为什么……可惜，现在后悔已来不及了。

望着那空荡荡的鸟笼，我的眼前总浮现出两只鸟儿一起用餐、一起钻进小木屋的情景，耳边总回荡着它们那悦耳的鸟鸣……

（指导教师：张新兴）

我家的狗崽队

郑晨朵

我家有一只高大威猛的母狗,她叫旺旺,刚来我们家时,她还是一只小狗,现在已经长大了。

旺旺全身的毛油亮光滑,因为平常太凶了,碰到陌生人从我们家门前走过,总是拼命地叫着,有时还会冲出来咬人。因此,爷爷用绳子把她给拴了起来,让她住在鸭圈鸡窝旁边,成了我们家鸡和鸭的保镖。最近,我发现旺旺的肚子大了起来。我想,旺旺一定是怀孕了,因此每天我会拿更多的东西给她吃,希望能补充一些营养。

有一天清晨,我听到了旺旺不一样的叫声,我想,旺旺肯定生孩子了。我跑到狗窝一看,果然有五只小狗出生了。这令我想到了"狗崽队",我们家也有狗崽队了,真有意思。弟弟楠楠钻进狗窝,抱出一只最小的小狗崽,它全身金黄金黄的,只有爪子和尾巴后面有一点白色的斑点,真像它妈,简直就是一个模子里刻出来的一样。它的眼睛还没张开,薄薄的眼皮紧闭着。两只耳朵小小的,再往它细嫩的耳洞里看,呀,非常干净呀!它的鼻子圆溜溜的,好可爱。

这支狗崽队就在我们家快乐地生活着,旺旺就是它们的队长了。每天放学回家,我一定先去看看它们。天气暖和时,我会把小狗崽们一只只从狗窝里抓出来晒太阳。旺旺在一旁守候着它们,一会儿用舌头舔舔它们的身子,一会儿又用爪子摸摸它们的脊背。不过,最有意思的是,我发现每次小狗崽尿尿后,旺旺总会用自己的舌头舔它们的屁屁。刚开始,我觉得旺旺怎么这么不讲卫生呀?后来,妈妈告诉我,是旺旺怕自己的孩子不干净,才用舌头把宝宝的尿汁舔干净,让它们保持洁净的身体。这真让人感动。我更喜欢我家的狗崽队了。

小狗崽们一天天长大,身体越发圆了,它们经常像圆球一样蜷缩在妈妈的怀里吃奶。而此时的旺旺，一动也不动，乖乖地躺着，任由五只小狗崽在她怀里钻来钻去，一点脾气也没有。我特意从学校的食堂拿了许多好吃的东西给旺旺吃。一天，我发现，小狗崽自己会爬出来了，并且要和旺旺抢吃锅里的食物，可奇怪的是，旺旺总是把它们给叼回去，惹得小狗崽们哇哇直叫。我看了真不忍心，旺旺干吗不让宝宝吃食物呀？奶奶告诉我，那是因为小狗崽还太小，还不到吃饭、吃肉骨头的时候，狗妈妈怕宝宝消化不良，所以才不让宝宝吃。看来，这旺旺当妈妈当得可真用心呀。旺旺的胃口大得惊人，我和妈妈已经拿比平常多一倍的食物给旺旺吃了，可旺旺好像还吃得不够。也难怪，要养这么多的宝宝，自己不多吃些，怎么会有奶水喂它们呢？

一天放学回家，我怎么也找不到小狗崽了，一种不祥的预感油然而生。弟弟楠楠难过地告诉我："姐姐，小狗都被爷爷送人了。"我冲过去找爷爷，责问爷爷为什么把小狗都送人了，爷爷和我说了一大堆道理，我一句也听不懂。我的眼泪都快流下来了，我再也见不到那群可爱的小狗崽了⋯⋯

那天晚上，我伤心得都睡不着了，我还没看够那些可爱的小狗狗，我真想梦到我的狗崽队⋯⋯

（指导教师：李子木）

寻狗启事后面的故事

魏婧祎

天空灰沉沉的，老天爷好像有一口气吐不出来，憋得很难受。你知道吗？我亲爱的十五岁的老狗闹闹，从我上中学时就陪伴我的闹闹，十五天前却丢失了。十五年前，因为我上学很累，每天上学时都带着黑眼圈。妈妈为了让我开心点儿，就在星期日的时候带我去公园玩。当我们到了公园里的林荫小路上时，看见一个狗笼里装着一只已经被主人遗弃的小狗。小狗凄惨地叫着，眼睛里流露出非常无助的神情。当我走近它时，它透过笼子里的缝隙伸出两只小前爪拽住我的裙角。当它抬起头时，我看见它眼里居然噙满了晶莹的泪花。我被震撼了，这只小小的狗居然有这么强烈的感情！我便把它带回了家。

那时，我学习负担很重，每天做功课到深夜一两点。记得有一次，我像往常一样——写完作业后正准备洗漱后睡觉，却惊奇地发现小狗还在床上等我。小狗啊，你对我真好！当我上床后，小狗便依偎在我的身边，用那柔柔的小爪子摸着我的胳膊，用那小舌头舔了舔我，我才安然地入睡。

渐渐地，它越来越强壮，也很懂事了。那是我第一次做饭，很害怕，当时爸爸妈妈也没回家，我一不小心把火苗拧到了最大，那突然冒出来的火苗把我吓得跌在了地上。这时，小狗跑过来，爪子和嘴并用——艰难地移过来一个小椅子，然后迅速地跳了上去，一个小爪子扶着灶台，一个小爪子去拧控制火苗大小的阀门，火苗立即就变小了。小狗呀！谢谢你啦，是你帮我解围了。

这只小狗非常可爱，很会惹我开心，我便给它取了一个好听的名字——闹闹。

在它丢失的前一天，当时我正在做家务——擦玻璃。因为我的个子不是很高，正准备去我的房间里拿把小椅子时，闹闹好像明白了我的意思，对我汪汪叫了几声，便转身跑向了我的房间，不一会儿，便用两只前爪推出来一把小椅子。闹闹呀，你是一只多么通人性的狗呀！只可惜，你已经老了，不能和我玩耍，在我的怀里撒娇了；而我，也成了一个只知道学习的小学生。

在它丢失的那天早晨，我还领着它散步。当我走到小花园的健身器材那里，想运动一下，正准备把拴闹闹的绳链绑在秋千的柱子上时，竟然惊奇地发现闹闹不见了！我心急如焚，恨不得向全世界的人大喊："你们谁看见我的闹闹了？"我只觉得眼前一片漆黑，脑子里什么都没有了。我马上一口气跑回家，因为前几天它走的时候就靠灵敏的嗅觉回到了家门口等我……我一边想着，一边连跑带颠地上了楼梯——到了家门口，还是没有闹闹的身影。我又赶忙下楼去找，尝试了各种办法都没有找到它。亲爱的闹闹呀，你在哪里？我想死你了，你快回来吧，没有你的日子我就像枯草一样孤零零的。现在，有人喂你吃的吗？你开心吗？你快回来吧。那天我出去散步，借以打发无聊的时间。天气很不好，当时是夏天，却没有一丝凉风，黑黑的乌云压得很低，很低，让人感觉喘不过气来，那时我的心情，就好比这朵朵乌云，低落、难过极了。

你知道吗？好几天我靠着看天花板来打发日子。我是多么的想你呀！你还记得我们在一起的美好时光吗？闹闹，如果你和我心有灵犀的话，就快点回来吧！

（指导教师：杨晓辉）

人鸟情深

林泽胤

每当风吹起来的时候，我便想起它洁白的羽毛、动人的身姿与迷人的歌喉。是它，更让我明白了人间处处有真情。它便是我养过的鸟——飞儿。

那是一个深秋，一个下雨的晚上，雨淅沥淅沥地下着。因停电，我坐在阳台边，观赏着下雨的夜景。猛然，"呼"的一声，一阵风吹来，一团黑影从我视线里飞过，落在一个角落里。"蟑螂？老鼠？……"我蹑手蹑脚地靠近，打开手电筒："哇，原来是只鸟儿。"我伸手向它摸去，它蜷缩在一旁，惊恐地往旁边躲着，不时发出微弱的呻吟。它长着一身洁白的羽毛，身形小巧，看起来非常漂亮，但全身湿漉漉的，像是冷极了。它的脚还有编号，看来有可能是从动物园逃出的。我赶忙点了蜡烛，拿毛巾为它擦干羽毛，发现它的右翅膀受了伤，擦破点皮毛，一碰就浑身哆嗦。我把它抱在怀里给它取暖，并通知了爸爸妈妈。鸟儿叫了几声，是表达对我的感激吧！真好！我抚摸了它几下。

"它这么疲劳，让它早点休息吧！"我转身拿来一只新鞋子，把鸟儿安置在里面。"这可是刚买的，你舍得吗？不嫌脏？要知道这鞋还是你自个儿挑的呢！"爸爸显得有点惊讶。我坚定而又大声地说："我舍得！洗洗就没事了。"爸爸一下子抱起了我，竖起大拇指，点点头："你做得对！"

第二天清早，我给这只美丽的鸟儿取了个好听的名字：飞儿！我希望它能早日飞上那广阔的天空，回到家园与自己的同伴团聚。飞儿被委屈在刚买的鸟笼里。中午，我拿了一匙米饭、一杯蜜水和一块香喷喷的饼干给它，飞儿吃得津津有味。几天过去了，我们的关系越来越密切，有时，我一回来，它便张开那玲珑的嘴巴，叽叽地叫着，像在欢迎我回来，我亲切地抚了抚它，嗨！真乖！有时，我放声朗读，琅琅书声似乎也传到飞儿那里，它便静下心来，停在那里，饶有兴致地看着我朗读，像是在观赏演出一样，可真有意思。

终于有一天，我和爸爸妈妈帮飞儿梳理好羽毛，把它放在手掌心，我说："我会永远记住你的，飞儿！"这时风又吹起来了。我将它乘风托起送上天空，飞儿展翅飞翔，在天空划出一道美丽的弧线。可兜了一圈后飞儿又停留在我的手指上。我的眼睛顿时有点湿润了，飞儿真懂得感情呢，我犹豫了……终于，我还是再次把它托起。它依依不舍地望着我，叫了几声，然后向远处飞去。我目送它远去，心中默默地念着："飞儿走吧！奔向你的自由世界吧！愿你平安……"

风又吹了起来，我又想起了我和飞儿共同度过的美好时光。什么时候，那一身洁白的羽毛会突然再映入我的眼帘呢？

（指导教师：张新兴）

兰花露出了笑脸

徐严贵

我意外地发现自己种了三年的兰花开始绽放了，你瞧，娇羞的她终于露出了笑脸，此时此刻，我的心也如花儿般甜蜜。

以前在山上，这株兰花开得那么绚烂，她的芬芳四溢，让我心旷神怡，那种淡淡的悠远的芳香让我记忆犹新，好似那香味昨天才从我的心尖儿飘过一般。我一直把她记在心头。过了几天，我特地拿了锄头，上山去挖起这株兰花，我把她小心翼翼地放入塑料袋，连走路都轻轻地，生怕惊了这株小小的兰花。把她带回家，植入花盆中，小小的房间中立刻充满了淡淡的清香。爸爸妈妈一进门就夸"好香"，这让我无比骄傲。

可是，一年过去了，她没有开花。两年过去了，她依旧没有开花……我无比失落。

我把她放在一个阳光满满的角落，家人呢，从来没有谁问起过兰花的事情，他们都渐渐地把她遗忘了。有一次，妈妈对我说："那株兰花一直到现在都不开花，又占地方，扔掉吧。"我不肯，一直都不肯。

我每天都精心地照顾她，却始终无法见到我初次见到她时那灿烂的笑容，那盛开在山谷中的美丽的笑容。

可是，今天，我终于又见到了她那久违的笑容，家里也多了一道美丽的风景，那熟悉的清香开始淡淡地弥漫开来。

朋友来我家，看到她笑靥纯真，忍不住问："这是一株什么花？"

我无比骄傲地仰起头，微笑着说："兰花，兰花。她是兰花，美丽的兰花。"

或许没有人知道，我是这般喜欢她，喜欢这株美丽的兰花。我想，只要不放弃希望，就可以邂逅美丽，希望的力量无限大。

（指导教师：王晓东）

103

第四部分 远去的蝴蝶

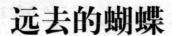

远去的蝴蝶

王　婷

这是一个我和一只蝴蝶之间的真实的故事。

早上起床后才知道"昨夜雨疏风骤"，只见湿湿的院子里散落了一地的花瓣。雨后，晨光普照，碧空如洗：远处的山呀、树呀、房子呀……都清晰地展现在眼前。屋顶上升起的袅袅炊烟，在朝霞的点染下如梦如幻，把乡村幻化成了人间仙境。近处的草木经过雨水的冲洗，显得更加绿意葱茏，一派生机。群鸟在树间啁啾，似乎在讴歌这超级"天然氧吧"般的快乐家园。

忽然，我抬头看见屋檐下残败的蜘蛛网上竟缠绕着两只美丽的蝴蝶，于是便找了根木棍轻轻一捅——网破了，两只蝴蝶颤颤悠悠地掉了下来。有一只蝴蝶在下落中划出一道美丽的弧线，抖抖翅膀飞走了！另一只努力地拍打着掉了不少"磷粉"的翅膀，却怎么也飞不起来了。

我弯下腰把蝴蝶轻轻地拾起来，放入手心，自言自语："蝴蝶小姐，你摔伤了吗？你美丽的翅膀让你无法飞舞了吗？是昨夜的风雨逼迫了你？还是你误撞了那该死的破蜘蛛网？"我小心翼翼地把蝴蝶托起来——这件事是因我而起的，我发誓一定要让蝴蝶重新回到花丛中，和它的兄弟姐妹们在一起，再去寻花觅蕊、嬉戏园圃，让它那优美的舞姿点缀人们忙碌的生活，点缀人们的梦……

我要回城里了，便打算为蝴蝶疗伤，把它也带回去。我在马路边等车，不由得为蝴蝶轻轻地舒展翅膀，试着把它抛向蓝天，蝴蝶也慢慢地飞起来了，但是它坚持不了多久，它好想振翅高飞，却总是摔下来。我连续抛了几次，但蝴蝶都没有成功地飞起来，我有点失望。看着手心里不停地拍打着翅膀、想极力振作的蝴蝶，只是徒劳地弄了我满手的蝶粉，我满怀歉意低下了头。

我上车了，汽车在马路上飞驰。不知不觉中，我睡着了……我仿佛看见千万只蝴蝶随风而舞，它们轻声细语地谈笑，它们展翅摇须地舞蹈，它们俯身嗅着金黄的花蕊——也不知什么时候，我被报站的声音催醒，我的手压在了蝴蝶身上了！娇小玲珑的、弱不禁风的、我心爱的蝴蝶啊，等到我发现了的时候，它已经抬不起翅膀了！

回到家，我把它放在书桌上……我希望出现奇迹。每隔几分钟，我就跑去看看，它似乎伤得很重，小米粒似的眼睛眨巴着，似乎有什么话要说。我用手轻轻碰一碰它，它似乎懂得我的心思，略微动了一下……

第二天早上，蝴蝶没有醒来！我默默地看着它，仿佛有雪花飘落，有流星划过，一个美丽的梦就这样远去……我把它带到了花园里，生怕它飞得太急挣伤了翅膀，将它再次小心地托上鲜花怒放的枝头，好希望它永远翩翩起舞在芬芳的花丛……

（指导教师：张光丽）

第四部分 远去的蝴蝶

流浪的小狗儿，祝你平安

任超男

清晨的阳光落在身上，路边的迎春花开得正旺，似乎连空气都在微笑着，一切都是那么的舒服而惬意。

我慢慢地走在去英语课外班的路上，心情好极了！忽然，从路边的胡同里传来一个女人的骂声："连个家都看不好，给我滚出去！"

我向胡同深处望去，只见一个女人恶狠狠地把一只小狗踢了出来，小狗的呜咽声，听起来让我觉得特别难过。

小狗叫了几声，又跑到家门前叫了起来。叫了一会儿，它的女主人又出来向小狗吼了一声："滚！"那女人一扭头看见了在一边观看的我便冲我嚷了一句"看什么看！"，又"哐当"一声重重地关上了门。

我愣了一下，无可奈何地叹了口气。

小狗无助地望着自己的家门，不停地叫着，声音都哑了。我忍不住走上前，蹲下来看着小狗说："你别叫了，没有用的。"不知道是小狗喊累了，还是听懂了我的话，它安静了下来。

小狗抬起头看了看我，眼神里流露出一丝恐惧，它害怕地后退了几步。

我轻轻地抚摸着它，渐渐的，小狗不再害怕了，它温顺地趴在我身边。它身上脏兮兮的，白色的皮毛已经被污染成了灰色。我从超市里买了两根火腿肠剥开，放在小狗面前，小狗便狼吞虎咽地吃了起来。我想，它大概好几天没吃饭了吧！

这时，我的手机响了，原来是英语班的刘老师没有等到我着急了。我挂了电话，看了看小狗，不知怎么办才好，我总不能带着小狗去刘老师家上课吧？怎么办呢？

我恋恋不舍地拍了拍小狗的头，把它留在了巷子里，准备下课后再来接它。英语课上，我总是担心小狗，始终没有办法认真听讲。刘老师见我注意力不集中，就问我怎么了。我给他讲了小狗的故事，刘老师无奈地叹了叹气，告诉我，这样的事在大街上随处可见，现在流浪狗太多太多了。

好不容易熬到下课，我立刻飞奔到那个胡同去看望小狗，可是，小狗已经不见了。我懊悔极了，当时我为什么不把小狗送回家再去上英语课？我在巷子附近找了很久，可是始终没有找到它。

回家的路上，我的脑海里全是小狗的身影！天空似乎不再蔚蓝，阳光似乎不再明媚。迎春花的香味在弥漫，我却感到一阵心酸。夕阳把我的影子拉得老长老长，我只能在心里为小狗默默祈祷：小狗，希望你平安！

（指导教师：张曦）

第四部分 远去的蝴蝶

第五部分

最美的语言

"孩子,你累了吗?"妈妈柔声地问。"噢,我不累!"我撒了一个善意的谎。其实,我早已手酸腰酸了。妈妈天天忙里忙外,像转个不停的机器人,她从没有叫过一声苦,我怎么好意思喊一声累呢?想到那背着我跑医院的温暖背脊,想到那一柄盛夏之夜给我带来凉爽的蒲扇,想到我犯错误时妈妈的暴跳如雷……

——陈思匀《那飘香的头发》

妈妈不哭

张天乐

我是一个爱哭的小女孩。爸爸大声骂我，哭；妈妈小声说我，哭；弹错了音符，哭；丢了东西，哭；写错一个字，哭；磕着碰着，哭……总之，我每天都会哭，还不止一次。还好，一会儿就雨过天晴了。

妈妈也爱哭，看书、看电视，只要感人的妈妈总会落泪。看来，我爱哭是遗传的。

今年，我家发生了一件大事，让我改变了对哭的认识。正月十五这天，我的姥爷去世了，家里乱作一团，妈妈哭成了泪人。我想说妈妈不哭了……没有人理我，没有人管我……后来我去了大姑家。

我的姥爷是个教授，写好多书，多半是学术方面的。如《古代建筑》、《煤层气的开发和利用》，我看不懂。还有一些写家乡的文章我非常喜欢看，如《回忆在忻州的岁月》、《数字和文学》、《我眼中的傅山》。姥爷戴着一副眼镜，高高的个子，瘦瘦的。我问的问题姥爷都会，还一一细致地给我讲解。姥爷写得一手漂亮字，会吹笛子，会拉小提琴，会下象棋，会玩电脑……姥爷家里书最多，八九个书柜里都是书，写字台上放着书，床上还是堆着书。我到了姥爷家就爱翻着看。那时，姥爷就告诉我要爱护书。我很受益，我的书什么时候都是崭新的。

好几天后，我见到妈妈，她憔悴多了，眼睛红红的，呆呆地不说一句话。看到我后，妈妈说："去学习吧，一会儿给你做饭。"我不让眼泪掉下，怕妈妈哭。我安慰妈妈道："这不是真的，一切都会过去。我听你的话，好好学习，不让你难过、伤心。"妈妈听了欣慰地点点头，泪珠接着就掉了下来，我也跟着哭了起来。我暗自想：失去了亲人，我们可以哭；而以前的一点点小事，我就又哭又闹，是多么的不该。

妈妈不哭，我也不哭，我们都要坚强地去面对生活的每一天。

（指导教师：王刚）

那飘香的头发

陈思匀

　　太阳一副吃饱喝足的样子，毫不吝啬地把阳光释放出来，暖意融融。一阵睡意袭来，眼前的字迹也逐渐变得模糊起来。

　　起身走回房间，经过卫生间门口，往里一瞟，妈妈在水槽前正准备洗头发。"妈妈，你要洗头发？"我问。妈妈疲倦地点了点头。"让我帮你洗吧！"说出的话让我自己也吓了一跳。"你帮我洗？"妈妈的眼里泛起了光，那神情就像是被一颗幸福的子弹击中，整个人都要晕了，说话有些结结巴巴了。"你……你……会洗吗？"我觉得有些心酸，一句不经意的话竟然带给妈妈如此的惊喜。"会洗会洗。洗个头有啥难的！"我连忙将书放到书桌上，跑进了卫生间。

　　妈妈打开水笼头，放了大半盆温水。她的双手撑在水槽边，头发垂在水槽里。我挽起袖子，用水撩起温水，先将妈妈的头发淋湿，然后打上洗发水，轻轻揉搓起来。雪白的泡沫堆了满头，我顿时玩性大起，下手也不知轻重了。"哎呀！"突然，妈妈叫了一声。原来是我那沾着泡沫的手碰到了妈妈的眼睛，妈妈的眼睛顿时睁不开了。我一看，慌了，赶紧抓过毛巾为妈妈擦眼睛。妈妈轻描淡写地说："没事没事。"唉，真不知道，连洗头发也要认真！想想以前，妈妈为我洗头发，只要把我稍微弄疼一点，我就大叫大哭，不论妈妈怎么道歉，我都不依不饶，直到她许诺给我买好吃的我才会罢休。但现在，我把妈妈弄疼了，她毫无怨言。我知道，我能为妈妈洗头发，她是多么知足。妈妈的心是那么容易满足！

　　"孩子，你累了吗？"妈妈柔声地问。"噢，我不累！"我撒了一个善意的谎。其实，我早已手酸腰酸了。妈妈天天忙里忙外，像转个不停的机器人，她从没有叫过一声苦，我怎么好意思喊一声累呢？想到那背着我跑医院的温暖背脊，想到那一柄盛夏之夜给我带来凉爽的蒲扇，想到我犯错误时妈妈的暴跳如雷……我的喉咙有些堵，深吸了一口气，手又忙碌起来。

反反复复为妈妈洗了三遍头发，用毛巾擦了擦后，用电吹风吹干，用梳子梳顺。妈妈快活得像个小孩子，直说："真舒服呀！养女儿真好……"

望着妈妈黑中夹白的头发和脸上满足的笑容，闻着头发散出的香气，我在心里发了一个小小的誓：从今天开始，我要将我的时间、我的爱，多分一些给爸爸妈妈，让他们有巨大的幸福感！

（指导教师：林巧铃）

给妈妈洗脚

张丽睿

在感恩节前夕，老师布置了一项作业，就是给爸爸或妈妈洗脚。我们高兴地接受了这个任务。

回到家后，妈妈正在看书，我就放下书包到卫生间接了半盆凉水，又从桌子上拿下热水瓶倒了半盆热水。然后，我把水盆搬到妈妈面前，说："妈妈，我给你洗脚吧！"妈妈看书看得太入迷了，还不知道我回来了，被我一喊，吓了一跳。"吓死我了，你回来了怎么也不告诉我一声呀？作业多不多？快去写作业吧。"我高兴地说："作业很少，今天老师给我们留了一项作业就是给自己的家长洗脚，你快把脚伸出来吧！"妈妈以为我又发烧了，赶紧摸了摸我的头，说："没生病啊！"然后就半信半疑地把脚伸进了盆里。

我坐下来仔细观察妈妈的脚，妈妈的脚上分别长了五个不大不小的茧子，原来的那双小巧柔软的脚变成了苍老、布满皱纹的脚。我看着妈妈的脚，心想：我长大以后挣钱了就给妈妈买一双漂亮的水晶鞋，让妈妈的脚舒舒服服的。

我把妈妈的脚在水里泡了泡，再仔细把妈妈脚上的脏东西搓干净，然后在水里为妈妈按摩。妈妈好像很长时间没有这么舒服过了，闭上眼睛说："左，左，再左一点儿，对！就是这里。太舒服了！"按摩够了，我就拿肥皂在妈妈的脚上上上下下、里里外外地搓了一遍，然后用水把妈妈的脚冲了冲。冲干净以后我用毛巾把妈妈的脚仔细地擦干净，脚就洗好了。我又替妈妈穿上袜子。

给妈妈洗完脚后，我说："我一定坚持每天给您洗脚，让您的脚每天干干净净的。"妈妈听了，呵呵地笑了起来。

（指导教师：吴印涛）

113

第五部分 最美的语言

最美的语言

金苏宁

　　"世上只有妈妈好，有妈的孩子像块宝⋯⋯"每当我唱起这首歌，我都十分骄傲，因为我有一位好妈妈！

　　过两天就是"三八"妇女节了，我送妈妈什么礼物好呢？鲜花，太老土。画画，都送好几次了，没新意。

　　忽然，我眼前一亮，送一句话：妈妈，我爱你！我想，这该是送给妈妈的最好礼物吧。

　　"三八"妇女节那天早上，我起得很早。这天天气很好，和风吹送，鸟语花香，好像大自然中的一切都在给我鼓舞，让我有勇气对妈妈说那句很难说出口的话——天天在一起生活，真的要说出来，还真别扭！

　　不好，爸爸妈妈在一起看电视呢。我几次想凑近，却都退了回来，跟妈妈说了，爸爸怎么办呢？终于等了很久，爸爸似乎看出点什么，借口出去了。

　　我抓住时机，慌里慌张地走到妈妈跟前大声地说了一句："妈妈，我爱你！"妈妈愣住了，她奇怪地打量着我。本来就紧张的我，在妈妈的目光下，更加窘迫了，脸涨得通红，心里扑通扑通地乱跳。

　　我刚想转身就跑，妈妈把我喊住了。这时我看到妈妈的神情有些庄重，她的眼里溢出了晶莹的泪珠。我不禁怔住了，走到妈妈身边。妈妈把我揽入怀中，又破涕为笑了，几滴眼泪洒落下来，很清澈，很美丽！我仔细地端详着妈妈：不知何时她的脸颊已多出了那么多的皱纹，越是笑起来越是显出我从来没看过的衰老的模样。

　　过了一会儿，妈妈擦着眼，没事似的跟我说："去读书吧，妈妈给你做好吃的。"

　　妈妈总是这样，让我吃好的喝好的穿好的，我总是理所当然地接受爸爸妈妈给予的一切，今天还是头一次跟妈妈说"我爱你"。

　　朋友，快对爸妈说"我爱你"吧，那是世界上最美的语言！

（指导教师：张启道）

爸爸、妈妈，我想对你们说

张 睿

爸爸、妈妈，我想对你说：不要再反对我看课外书了，让我们共同努力，把我的课外生活安排得更美好吧。

我是一个爱看书的人，经常喜欢看课外书。课外书丰富了我的生活，让我增长了很多知识，关于物理的、化学的、实验的知识，还有许多关于小学生和历史人物的知识。书中的主人公都成了我的好朋友，他们和我一起学习和生活。

但我有一个坏习惯：经常在写作业时偷看课外书。每当这时，爸爸妈妈总是批评我做事不专心，让我好好写作业。

有一次，作业留得比较多，我还是像往常一样，边写作业，边偷看课外书。当时我特别紧张，生怕爸爸妈妈发现我看课外书而大发雷霆。我偷偷拿着课外书，放在书桌上，听到爸爸妈妈的声音就把书扔到一边去，装着在认真写作业。等爸爸妈妈走后，我就悄悄地把书拿过来接着看。因此，作业写得很慢，拖到半夜十二点也没写完。早上起来更是一团糟，不但作业没补写完，而且上课还迟到了。放学后，爸爸妈妈很生气，皱着眉头，怒视着我，好像有一团火在向我逼来，大声吼道："干什么呢？写作业居然偷看课外书！"并且告诉我，以后再也不给我买课外书了。尤其是爸爸，竟然把那本课外书给撕掉了，狠狠地扔到了垃圾桶里。

从此，只要我一看课外书，总是被爸爸妈妈批评。好像除了课本和参考书，我就不能再读任何书了。

爸爸妈妈，我明白你们的良苦用心，不让我在写作业时看书是对我好，但不能总是反对我看课外书啊。课外书里确实有很丰富的知识和有趣的故事。爸爸妈妈，你们记得吗？有一次在饭桌上，提起病毒的话题，我立刻把

第五部分 最美的语言

我平时看书学到的关于病毒的知识滔滔不绝地讲给你们听，好多还是你们从来没有听过的。你们不是听得目瞪口呆吗？

我保证，我以后一定先写完作业再看课外书，这样，既能好好学习，又能丰富知识。

爸爸妈妈，我们一起努力，好吗？

（指导教师：谭妹娥）

我爱我家

陆梛文

　　我有一个幸福的家，一个用金银珠宝、所有玩具、美味佳肴都换不来的美满家庭。虽然我家不算富有，但妈妈总是微笑着说："没关系，我们信念不穷。"虽然我的玩具不多，但我总是一笑了之："没关系，我同样很快乐。"虽然我家吃的不是最好，但是爸爸总是眯着眼睛说："没关系，我们的菜很有营养。"我和父母都不求荣华富贵，只求健康幸福地生活。

　　我的父母最看重我，而把金钱置之度外。记得我九岁生日的那一天，爸爸在无锡工作，当时他正在抢时间完成任务，忙得连饭都来不及吃；妈妈也在刺绣，正是关键的最后一两天，如果交晚了，就会前功尽弃。我以为今年的派对只有外公、外婆陪我了，便失望地走上楼，呆呆地看着电视。"咦，怎么有歌声？"我十分纳闷。仔细一听，啊！是生日快乐歌！我惊喜地冲下楼，是爸爸妈妈回来了！我既兴奋又疑惑："你们怎么回来了？""回家给你过生日啊！""可你们的工作……""大不了少拿工资。""大不了把那幅刺绣用来收藏。"感动的热泪夺眶而出，我巴不得将时间停留在那一刻，让幸福的热浪永远在我心中流淌。那天，我觉得时间过得特别快，真希望那一天能无限延长。

　　我得到了父母无尽的爱，同样，我也关心他们。父母的生日、喜好、年岁……我都铭记在心。父亲节，对于整日忙碌的父亲来说，他根本不会在意这个日子，妈妈也是，可我早就留心了。为了给爸爸一个惊喜，我故意装成没事一样，同时暗地里用自己积攒下的零用钱买了一只"米老鼠"的陶器——爸爸属鼠，又在上面贴了一张小方格纸，写上"父亲节快乐"。父亲节那天，我把"米老鼠"放在袋子里，神神秘秘地来到爸爸面前。爸爸见我

117

第五部分　最美的语言

这奇怪的样子，一脸疑惑。他刚想问我有什么事，我迅速将礼物放到爸爸面前，随即大声喊道："爸爸——祝你——节日快乐！"一瞬间，爸爸惊讶得张大嘴巴，我看到他的眼眶湿润了，又流溢出他无法用言语来表达的兴奋与骄傲。

这就是我的家，那件件事情，那一幕幕，令我终生难忘。我爱我的家，就算用世界上所有的财富来交换，我也会毫不犹豫地说："不！"

（指导教师：龚海英）

偷洗衣服

宋子祺

今天是感恩节，我从早上一起床就开始思考：该送给爸爸妈妈一件什么礼物呢？这些日子，我偷偷把自己的零花钱攒了起来，有三十几元了。我想给爸爸妈妈买一件礼物，可是爸爸妈妈从来就不喜欢我乱花钱。到底该送什么礼物呢？

就这样从早想到晚，我也没想出一个好的办法来。晚上，我一觉醒来，一看表都十二点了，爸爸妈妈才出车回来。他们蹑手蹑脚地开门，脱衣服，洗漱，怕打搅我的美梦。突然，我的脑子一亮："有了！"我在被窝里偷偷地笑了。

凌晨1：20，我醒了，看看表，还早着呢，就又躺下了。1：50……2：20……3：50……时间到了，我马上穿好衣服，蹑手蹑脚地打开门走出卧室，然后把爸爸妈妈的脏衣服都收起来放进了卫生间。我打开洗衣机盖，把脏衣服都放了进去。拧开水管，向洗衣机里放进半桶水，倒上洗衣粉，拧开开关，洗衣机就"咔嗒咔嗒"地响起来。可能是我弄出的响声太大了，也可能是我第一次做事不熟悉。洗了没一会儿，就听见卧室的门打开的声音。爸爸揉着眼睛把头伸进卫生间问我："傻小子，半夜不睡觉，在卫生间里干什么呢？"

"我，我，我洗衣服呢！"

"洗衣服？洗衣服有你妈呢，你操什么心呢！赶紧回去睡觉！"

"我，我想给妈妈一个惊喜！这是我感恩节送给妈妈的礼物！"

"行啦！晚上是睡觉的时候，你不睡觉，别人还得睡觉呢！赶紧回卧室睡觉吧！你的心意我会告诉你妈的，我替你妈谢谢你了！"说完爸爸就一把抱起我，把我送到了卧室，然后轻轻地给我盖上被子，亲了我一下就走了。

　　第二天早上，妈妈给我做了好多好吃的饭菜，还一个劲地夸我呢。不过回想起来，我也怪不好意思的，好事没有做完，就半途而废了。以后我要多替爸爸妈妈做家务，以弥补这次的遗憾。

（指导教师：吴印涛）

我爱我的家

闫晶萱

我们家是一个普通得不能再普通的家庭了，家的成员：爸爸、妈妈和我。不过，我们的家充满温馨充满爱，是一个快乐的家庭！

我们家有趣的故事非常多。有一段时间，同学们之间非常流行星座的说法，下午放学回家，我兴致勃勃地问爸爸："爸爸，我是什么座的？"可是爸爸瞪大眼睛，看着我，对我说："宝贝，你是肉做的！"等我明白过来，忍不住哈哈大笑起来。我给爸爸解释过来，他才发现自己的回答令人啼笑皆非。

我们家的每个成员都有一个非常有趣的绰号：懒猪爸爸、猪妈妈和猪小妹。

"懒猪爸爸"，顾名思义懒得比猪还甚，简直到了令人发指的程度。他不爱洗澡，不爱叠被子，甚至睡觉睡得连饭都懒得吃。特别是在他睡懒觉的时候，我可不敢去打搅他，要不然他会大发雷霆，那我的苦日子就来了！别看他这会儿挺恐怖的，跟我亲的时候，那简直能腻死你，要多哆有多哆。哎，双重性格的老爸，我有点儿吃不消哦！

121

"猪妈妈"的称呼来源于妈妈能变着口味地做出美味的饭菜，每到吃饭的时候，看着我们父女俩狼吞虎咽地进餐，"猪妈妈"总是很有成就感地说："我就是饲养员，要把我们家的两头猪猪养得一天比一天胖！"哈哈，真把我们当猪了！

我是我们家的"猪小妹"，吃饭从来不挑食，也是我们家的开心果！我知道爸爸妈妈非常爱我，我也爱他们，更爱我的家！

同学们，你们家肯定也会发生许多有趣的小故事吧！快用笔和纸把它们记录下来，让我们一起见证和分享这些爱的经历吧！

（指导教师：曹艳敏）

献给妈妈的爱

章书一

"三八"妇女节，该送给妈妈什么礼物呢？我托着下巴苦思冥想。忽然，我眼前一亮：哎，对了，就送一束我自己做的百合花吧！我高兴极了，找来材料，就紧锣密鼓地忙开了。

我先拿出一张正方形的彩纸，对角折叠两次，把三角形重叠的一边上下各向另一边折平……一边做，我一边想，妈妈平时最喜欢百合花了，特别是香水百合。等一会儿还得在这些百合花上喷点香水，那样，妈妈看到一定会更喜欢。想着想着，我美滋滋地闭上了眼。一个问题忽然闪现在我的脑海里，要送给妈妈几朵百合花呢？一朵，不行；两朵，不好；三朵，没意义；四朵，不吉利……哎，就送十一朵吧，感谢妈妈十一年来给我的照顾和关爱，对，就十一朵！我拿起还没做好的半成品，认真做起来，一会儿把这个弄皱的角抚平，一会儿又用剪刀把那个地方修剪好。我为了把送给妈妈的礼物做得更完美些，十几分钟过去了，才做完了一朵。

这时，我想起了妈妈对我的关爱。在我成功时，妈妈总是和我一起开心地笑着，然后鼓励我；失败时，妈妈总是安慰我，告诉我自己在失败后该怎样面对；我害怕时，妈妈就是一把大伞，时时刻刻保护、关怀着我。一个多小时过去了，十一朵纯洁美丽的百合花也做好了。我在这十一朵百合花上喷了点清新的香水，轻轻一闻，哇！好像在花丛中一样，真香！还得挑一根丝带把它扎好，于是，我在自己心爱的"百宝箱"中挑选了一根纯紫色的丝带，把花扎好，打了个蝴蝶结，一切就完工了！

我站在门旁，就等待妈妈敲门了。"咚咚咚"，妈妈回来了。我紧张地打开门，把这束百合花献给了妈妈："妈妈，节日快乐！""哦，谢谢！"妈妈激动地应道，欣喜的眼神中充满了无限的快乐。

在丰盛而又隆重的烛光晚餐下，我们将那束充满爱心的百合花放在了桌子上最显眼的地方。我和妈妈都笑了，笑得那样甜蜜，那样幸福……

（指导教师：徐曼华）

给爸爸洗脚

夏稣意

十一年来，我从没给任何人洗过脚，包括我至亲的爸爸、妈妈。有时，我也会想：今天是妈妈（爸爸）的生日，要不给她（他）洗个脚？好，就这么定了。可每每到了晚上，我不知怎的，又不好意思给她（他）洗脚。但这次，在妈妈的建议下，我做到了。

那是一次父亲节，爸爸又正好在家，我正愁该怎么给爸爸过这个节呢！毕竟爸爸很少在家，更别说能碰上父亲节了。这可真是个伤脑筋的问题：不能太平淡，因为这样的机会很少；又不能太夸张，因为爸爸不希望我为了他的事儿浪费学习时间。

正在这时，我的"救星"——妈妈来了。我想她一定给我出主意来了，果然如此："稣意呀，要不你给你爸洗脚吧！你爸平时最疼你了。而且，你可是第一个给他洗脚的人呢！"对呀，我一拍巴掌："我怎么没想到呢？爸爸连泡脚都没泡过，说不定还真是特意给我留的机会呢！"

说干就干。趁爸爸玩电脑的时间，我赶紧去打洗脚水了。

这我可得小心谨慎，平时妈妈说盐水泡脚好，我就先打了一勺盐，再来一点"六神"花露水。OK！

我端着水来到电脑桌旁，爸爸先是一愣，然后恍然大悟，随即笑了。"爸爸，您玩电脑，我给您洗脚。"爸爸笑得更灿烂了。于是，我开始了我的第一次给别人洗脚。

不知为什么，爸爸电脑也不玩了，就是看着我洗脚，看着我笑。我问爸爸为什么不玩了，爸爸借口电脑在杀毒，可……不知怎的，我的脸慢慢热了起来，手也渐渐不自在了，可爸爸还是看着我笑。

后来，妈妈对我说："自从你给你爸洗了脚，爸爸成天乐呵呵的，还逢人就说，小女儿给我洗脚了……"

对呀！有时候对你来说是一个小举动，而对父母来说，却是一件多么值得骄傲的事啊！我们又何乐而不为呢？

（指导教师：王少秋）

123

第五部分 最美的语言

爱 之 面

周锦泓

　　夕阳的半个脸已经没入地平线，黄昏挟着习习凉风翩然而至。

　　晾好爸爸妈妈的衣服，我走进厨房。锅底已出现一个水泡！才一秒的工夫，又出现了两三个，水泡越来越多，它们不再乖乖地待在锅底，一个接一个冒了上来。锅里，水泡"狂欢"——看来水已沸滚，赶紧投入面，用筷子搅动几下，加上锅盖。

　　看着锅下热情奔放的火焰，我的思绪飘飞：都六点了，妈妈该关上店门往家里赶了吧！妈妈真像不停运转的机器——每天天没亮，就起身到店铺，拌面、洗碗、拌面、洗碗……客人多的时候，连喘口气的时间都没有……噢，水蒸气"咕咚咕咚"地沿着锅盖边冒出来，弥漫着，锅盖也仿佛跟着它们的节奏在欢快地跳着舞。我赶紧掀开锅盖，里面的面条正像当年在太上老君八卦炉里的孙悟空，熟练地翻跟头呢！

　　关掉煤气，我用漏勺捞起面，倒进盛着猪油、酱油、醋、味精和葱花的碗里，用筷子搅拌，搅拌，搅拌……瞧，那一条又一条的拌面金黄金黄的，穿着"油衣"，亲热地拥抱在一起，多像儿时妈妈用的毛线。那青绿色的葱花紧粘在拌面上，仿佛小表妹黄裙子上镶着的绿宝石。

　　正欣赏着自己的"杰作"时，门"咔嚓"一声开了——妈妈回来了！我迎上前去，拉着妈妈进了厨房。"妈妈，请您尝尝我的手艺！"说着，我递过筷子。妈妈又惊又喜，布满血丝的双眼蓦地亮了，蜡黄的脸上露出了笑容。

　　热气袅袅，可不能烫了妈妈的舌头！我撅起嘴，轻轻吹开面上的热气。妈妈夹起几根面，往嘴里送，大口嚼了起来，边吃边说："香，真香！都赶上我拌的面了！"疲惫的神色从妈妈的脸上一扫而光，我的眼前升起了一轮温暖明亮的太阳。

俗话说："滴水之恩，当以涌泉相报。"更何况父母为我们付出的不仅仅是"一滴水"，而是一片汪洋大海。在父母劳累后递上一杯暖茶，在他们生日时递上一张卡片，在他们失落时奉上一番问候与安慰……感激不是在嘴上，而是在心中，在我们时刻关爱父母、关爱他人的细小行动中。

（指导教师：林巧铃）

第五部分 最美的语言

陪读妈妈

胡晟宇

我是一名六年级的学生。在我的眼里，妈妈是与我生命联系最紧密的人。

虽然在我出生时，妈妈与我生命相连的脐带就已剪断，可是妈妈给予我的亲情却是我永远无法割舍的。十几年来，我和妈妈朝夕相处，妈妈一直陪伴在我身边，见证了我的成长与进步！

那年春天，望子成龙的妈妈为了不让我输在"起跑线"上，毅然离开老家弋江——那个古老而美丽的小镇，来到邻近的县城，过起了陪读生活。这些年，我都是在妈妈的视线范围内度过的，幼儿园就在我们租居的隔壁，小学也在离家不到五百米远的地方。妈妈每天接送我上学放学，督促我学习。为了了解我的学习情况，她和我的各科老师都密切联系，特别是和我的班主任成了好朋友。她们时刻关心着我的学习和生活，关注着我的成长。妈妈常欣慰地说："看着儿子健康快乐地成长是我最大的幸福！"

我时常听到同学们埋怨自己的母亲对自己管得太严，抱怨母亲像监视犯人一样监视着自己，经常偷看自己的日记，经常监听好友打来的电话……如此种种"刺探军情"，真烦人！可这些，从未在我身上发生过，因为妈妈了解我，妈妈懂得如何让我健康成长。我跌倒了，妈妈从不扶我，让我学会自己坚强地站起来；遇到困难，妈妈从不代我解决，让我学会思考，勇敢地战胜困难；处理事情，妈妈从不插手，让我独立处理每一件事……虽然有时我不理解，但随着我渐渐长大，我明白这都是妈妈给予我的爱！

古人说的好：谁言寸草心，报得三春晖。在陪读的日子里，妈妈陪伴我度过了一个又一个日夜。她用一种极其普通的方式时刻关心着我的成长。妈妈为我操心，为我劳累，这一切我都看在眼里，记在心里。每年的母亲节，我都要为妈妈献上最美丽的花朵，让她永远美丽；每个月特定的日子里，我都要为妈妈写上一份表达我自己的小报告，让她了解我的内心世界；每天中午和晚上，我都抢着帮妈妈扫地洗碗，让妈妈开心地看着我帮她做事……

"陪读"真好！妈妈对我的关爱我将时刻铭记于心！

（指导教师：许德鸿）

一份珍贵的礼物

刘倍榕

星期六那天我特别开心，因为那是爸爸妈妈的结婚纪念日，我准备送给他们一份礼物！

那天，我早早地起床，把我的小被子叠得整整齐齐，把地面扫得一尘不染，又把窗子擦得干干净净、亮亮堂堂，整个小屋充满了温馨！

接着，我要去做蛋糕！我拿了钱包里装的稿费。稿费只有三十元，买不到一个蛋糕，于是我又拿了二十元零花钱，五十元总够了吧！一路上，我蹦蹦跳跳，兴高采烈地来到"麦香人家"。一进门，服务员阿姨就笑眯眯地问我："小朋友，你要点什么呀？""我要一个蛋糕。""好的。"阿姨边说边把我领到摆放着各式各样蛋糕的玻璃柜前。我左挑右选，最后挑了有一男一女相向而坐、周围都是红爱心奶油雕塑的蛋糕。阿姨说："这个四十元，你再过三十分钟来拿吧！"我兴奋地说："好的，你一定要做漂亮些哦！钱先给你了！"

为了让爸爸妈妈更加惊喜些，我没有回家，而是走进了一家叫"小笛鲜花"的花店。"哇！这花也太美了！"我看见了紫玫瑰。于是我让叔叔帮我包了八枝，外面用彩带包了一下，精致极了！

"三十分钟到了吧！"我自言自语，又回到蛋糕店，看见阿姨已经把蛋糕做好了，正等着我呢。我拿起蛋糕，跟阿姨说了"谢谢"就走了。

回到家后，我在彩卡上写道：

亲爱的爸爸妈妈，今天是你们的结婚纪念日，祝你们幸福快乐，恩爱到白头！

女儿：刘倍榕

即日

做完这些，我高兴地走进书房做作业。临近中午，忽然听见爸爸妈妈在问："今天是什么日子呀，这些东西是谁买的？"一定是爸爸妈妈回来了，我从门缝里往客厅里看了看，果真是。

我兴奋地走出书房，来到爸爸妈妈身边说："今天是你们的结婚纪念日，祝你们永远快乐，白头偕老！"

屋子里传来了我们的欢声笑语，真是温馨无比！

（指导教师：姜国华）

129

第五部分　最美的语言

特别的礼物

李雅洁

记得那天是"三八"妇女节，在放学路上我一直在想：送妈妈什么礼物好呢？胸针？送过了。头花？也送过了……在快到家的时候我突然眼前一亮，想到了一个绝好的主意。我急忙跑回家，看到妈妈还没有回来，我松了一口气。

我进家后便开始学着妈妈的样子打扫房间，先把地扫了一遍，然后开始收拾东西，擦桌子，最后把地还拖了一遍。等我做完这些事，一看表，我的妈呀！一个多小时都过去了。我腰酸背疼得都快站不住了，我终于体会到妈妈每天做的事情有多辛苦。我在沙发上坐了一会儿，累得都快睡着了。我揉揉眼，看了看表，都七点钟了，妈妈怎么还不回来呢？我有点急了，赶忙给妈妈打了个电话，妈妈说："宝贝，妈妈刚才在单位加了一会儿班，马上就回去啦。"

挂了电话后，我突然又想起了一件更重要的事：我还没有做饭呢！我赶忙跑到厨房，想了想，就做炒大米饭吧！我先把菜洗干净，然后再切菜。这是我第一次单独做饭，所以水平不高，把菜切得很大块，还有的薄，有的厚。切完后我把菜倒入油锅，放上盐，最后又放入大米饭一起炒。香喷喷的炒大米饭出锅了。过了一会儿，有人按门铃。一开门，是妈妈回来了！妈妈一进门就闻到了米饭的香味，她又向四周打量了一番，激动地对我说："宝贝，这家是你打扫的，饭也是你做的？"我高兴地说："那当然，这是我送给您的礼物。"妈妈一下抱住我，使劲亲了我一口，说："谢谢，你就是妈妈最好的礼物。"屋子里久久地弥漫着我们的笑声。

我一天天地长大了，也明白了一个道理：其实给父母最好的礼物就是让他们幸福、快乐。

（指导教师：刘镇伟）

妈妈，您听我说

宋素静

妈妈，我心里有千言万语想对您说，可是每当我看到您那副严肃的模样，到了嘴边的话又咽了下去。随着年龄的增长，我感到离您越来越遥远，这也许就是现代人所说的"代沟"吧！

妈妈，您还记得两个月前那件事吗？那天，我怀着愉快的心情回到家，可我走进房间一看，书桌上放着一封已被打开的信。我想：这一定是您做的。于是，我生气地对您说："干吗看我的信？"您却一副满不在乎的样子："你是我的女儿，看看不行吗？"听了您的话，我更是火冒三丈，冲着您大声吼道："你没权看我的信！"您立刻板起脸："我没权？谁生你、养你？今天反而跟我讲起法律来了。"我反驳道："你就是没权……""啪"的一声，还没等我把话说完，您就不由我分辩重重地打了我一巴掌。我捂住脸，哭着跑回房间，"咣"的一声关上了门。

晚上，我躺在床上翻来覆去怎么也睡不着。这时，您来到我的床前，抚摸着我的头，说："孩子，妈妈也是关心你，怕你学坏才这样做呀，还在生妈妈的气？"

那时，我真想对您说："妈妈，我已经是六年级的学生了，我有自己的朋友，我有自己的生活。"

自从那天后，我就一直在想这件事情。妈妈，我知道您爱我，您那样做完全是想为我好。可是，您考虑过我的感受吗？女儿真的已经大了，我会处理好和老师还有同学们的关系。但是，也请您给我一点自由的空间好吗？那是我的秘密，您一定能理解这种心情。请您相信我，我永远是您的乖女儿！

（指导教师：何瑞娥）

梦圆2010

郭 雯

记得从小我就特别喜欢小轿车，总觉得坐在小轿车里是一件特别自豪、特别了不起的事，总梦想着有朝一日能坐上自己家的小轿车。

上学了，每当看见别的同学坐着自家的小轿车来上课，我多羡慕呀！如果我们家也能买上一辆小轿车就好了！然而，这个想法我只能偷偷藏在心里，因为我知道自己生在一个普通的家里，爸爸妈妈也只是普通的老师。我想他们不可能会买车的，买车只能是我儿时的一个梦想。

没想到，就在2010年的金秋时节，我的这个梦想居然变成了现实！2010年的暑假，妈妈天天早出晚归，真弄不懂她在干什么！还是爸爸偷偷告诉了我："你妈妈趁暑假在学开车呢！""学开车？"我跳了起来。难道妈妈想买车？我开始兴奋起来！我知道，其实爸爸早就希望妈妈买车。因为我们有一个新家，那里又大又漂亮，离爸爸工作的地方也很近。爸爸经常一个人住在那儿，我和妈妈嫌路太远不愿意过去，还是住在老房子。爸爸不乐意，经常说什么"两地分居"不好，要妈妈学开车，买个车就方便了！我想这次离实现自己的梦想一定不远了！我暗暗祈祷，希望妈妈能顺利通过所有考试，早日拿到驾照，早日开回自己的车来。

妈妈果然不负众望，暑假结束就如期拿到了驾照。我和爸爸都催促着妈妈买车。妈妈做人真是干脆，拿到驾照的第一个星期就买下了一辆上海大众的小轿车。那天放学回家，当我看到楼下停着一辆亮黄亮黄的新车时，一下就猜到了那一定是妈妈新买的车，因为我太了解她了。这辆靓丽的小车太有她的性格了！只有这样靓丽的小车才配得上我青春靓丽的妈妈，还有她活泼美丽的女儿！原来那天她一个人去买的车，还从那么远的4S店把车开回了家，我真为她捏了一把冷汗。妈妈却不怕，真是艺高人胆大！不过我和爸爸还是劝妈妈开车小心点。

　　我的梦想终于实现了！我家有车了！从此我也可以坐上自家的小车了！真是太幸福了！其实不但我无比高兴，爸爸也偷着乐呢！我们再也不用"两地分居"了！我们一家三口每天都可以在一起了！

　　梦圆2010，我的童年更加精彩，我们一家人更加幸福！

（指导教师：刘燕）

第五部分　最美的语言

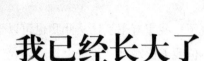

我已经长大了

林 炯

我已经长大了，可是我的父母总是认为我还小。我多么想和他们沟通，说说自己的心里话呀！

那次，我与好朋友陈惠和陈妍一起去玉泉山公园登山。第二天正好是表姐的生日，我准备趁着这次机会给她买一个生日礼物。妈妈给了我三十元钱。临走时，妈妈不停地嘱咐："孩子，不要玩得太迟，路上要小心，要注意安全，和同学在山上不要打闹。买东西不要被坏人给骗了，也不要买些不卫生的食品，吃坏了身子可不好呀……"这些话我不知道听了多少遍了，就不耐烦地回答了几句："哎，好了，好了，我知道了啦！"

在路上，我心想："为什么呢？不管做什么，妈妈怎么总是问这问那，说这说那的，我都快要烦死了！"

我和陈惠、陈妍玩得很开心，不过，在登山时，她们也说自己的妈妈要她们早些回去，要抓紧时间好好地玩。我把我要去买礼物的事告诉了她们，她们说："要不，我们再玩一会儿就下山吧！我们帮你选一个好的礼物，怎么样？"我想想，也对哦，早点下山买完礼物回家，家长不就不会骂了嘛！

没过多久，我们一路欢歌笑语来到了学校附近的精品店。一进入商店，哇！店里的商品琳琅满目，整整齐齐地摆放在架子上，看得我眼花缭乱。店里的阿姨给我们推荐了几样礼物：一个是小提琴，一个是天使的笔筒。我选择了那个天使的笔筒。那是个美丽的小女孩，旁边有个房子样式的笔筒，下面还有个开关，开关一按，天使就会发出五彩缤纷的颜色，还不停地变化着颜色，好看极了。阿姨在帮我们包装礼品时，我们还兴奋地玩着店里的小礼品。

突然间，我扭头往商店门外一看：啊！天已经暗沉沉的，一片灰蒙蒙。我再低头看看手表，已经五点多了。等阿姨包装完礼品，天已经大黑了。我们往回家的路跑去。因为天太黑，陈妍不敢一个人回家，陈惠就让陈妍到我家去。回家的路上，陈妍嘴里不停地念叨着："怎么办？怎么办？我妈妈会骂我的。"回到家，妈妈也才刚刚到家。

等陈妍一回家，妈妈就对我说："你呀，也真是的，怎么会这么晚才回家！"

"我们买礼物嘛！"

"买礼物？就算是买礼物吧，也不该这么晚才回来呀！"

"嗯……"我半天说不出话来。

"你知不知道，我有多担心呀！这么晚回来不说，你们也不懂得给我们家长打个电话？就你们三个五年级的学生，出去都不怕被坏人给骗了？我还骑车到玉泉公园山下找了好久呢，急都急死了！"妈妈越说越气。

我听了，心里像被火烧般热腾腾的，便一气之下跑进了卫生间，"砰"的一声把门关上了，还把门锁上了。我一个人静静地坐在椅子上，看着镜子中的自己，想起了妈妈刚才说的话"我还骑车到玉泉公园山下找了好久呢！"我也不知道怎么的，心"怦怦"直跳，突然鼻子一酸，一串串眼泪像断了线的珍珠从脸颊落了下来。

我多么想和父母沟通啊！

妈妈，我知道，你都是为了我好，你害怕我出什么事，我是你的心肝宝贝，但是，你可曾想过我？我已经长大了，不再是以前那个胆小如鼠的我了。我已经是五年级的学生了，请您以后不要再为我担心了。我的事，我自己心里清楚该怎么做。谢谢你对我的关爱！但我不需要让你为我这么操心了！

我已经长大了！

（指导教师：张新兴）

我帮妈妈洗洗脚

王　叶

　　"母爱情重如山，孝行始于足下。"读过"滇虹润芙"致天下父母亲的一封信后，我深受启发：我觉得我应该给妈妈洗一次脚。

　　晚上，我做完家庭作业，妈妈也收拾好了屋子。我来到妈妈面前，做了个鬼脸，说："妈妈，今晚我要送你一件礼物！"妈妈把手一伸，笑眯眯地说："好呀，拿来。"我狡黠地一笑，说："好，请你稍等片刻。"于是我转身跑到洗手间，端来了一盆清水，随手把毛巾搭在肩头。然后又折回去取出香皂，找来拖鞋，同时把学校上午发给我们的"滇虹润芙"护肤品摆在了妈妈面前。之后，我对妈妈打了个敬礼："一切准备妥当，请接受我的礼物——让我为你洗一次脚。"妈妈一看这阵势，恍然大悟。她发现中了我的圈套，一个劲地直摇头："我还没老呢，自己洗得动脚。好孩子，你就休息去吧。"这次，我可不能再错过机会了，以前妈妈总是以种种借口，不让我帮她干活。我说："妈妈不许耍赖，你已经答应收下我的礼物了。"妈妈听后，无可奈何地摇摇头，只好勉强答应了。

　　我赶紧拿来热水瓶，匆匆倒入一些热水。妈妈在一边一个劲地提醒我要小心。我把妈妈的脚轻轻放在水盆里，刚想洗脚，谁知妈妈却猛地把脚抬起来。我一下子明白了：原来我倒入的热水太多了。我不好意思地朝妈妈嘿嘿一笑："抱歉，我准备工作没做好。多多原谅！"我又一溜小跑，舀来一些凉水，边倒边用手试一下水温，正合适。妈妈看到我忙碌的样子，禁不住笑了起来。我把妈妈的脚小心翼翼地放入水中，我发现，妈妈的脚是那么的干瘦，而我的脚却是细嫩的。我不明白妈妈的脚怎么会是这样的呢？当我为妈妈洗完脚面，准备洗脚底时，我摸到妈妈的脚底有许多厚厚的老茧。我的心一沉：这么厚的茧子，准是妈妈日夜不停地劳作，日久天长磨出来的呀！这时，我的鼻子一酸，泪水止不住地流下来。我又想起了小时候妈妈为我洗脚的情景：妈妈用手捧着我胖乎乎的小脚丫，认真地帮我清洗每个部位。而我却很调皮，有时把脚翘得老高，让妈妈够不着洗；有时又突然把脚突然踩下来，溅了妈妈一身洗脚水。妈妈一点也不生气，还笑呵呵地说："调皮鬼，小心我打你屁股。"洗完脚后，我会撒娇地趴在妈妈背上，让她把我背到床上，我才肯睡觉。现在想想，我感到自己对不起妈妈。想到这些，我便认真地去洗妈妈的脚。我恨不得把妈妈脚上的老茧全给搓掉，好让妈妈轻松轻松。洗完后，我用毛巾把妈妈脚上的水擦干净，虽然我已累得流出了汗，但想到妈妈为我们全家的操劳，我觉得我再累也值得。

我拿出早已准备好的"滇虹润芙"防裂养肤霜，均匀地涂在妈妈的脚上，然后又帮妈妈做了一会儿按摩，我看到妈妈的脚变得红润柔软起来。妈妈面带微笑，对我说："好女儿，真长大了。这是我最舒服的一次洗脚了，谢谢我的乖女儿。"我听后，抑制不住内心的激动，趴在妈妈耳边说："妈妈，我以后要天天为你洗脚。你的脚真美！"妈妈一把把我搂在怀里……

（指导教师：赵津国）

137

第五部分　最美的语言

孝敬妈妈

屈一凡

孝敬长辈，是中国的优良传统。妈妈平时很宝贝我、关心我、照顾我，我想我有机会也应该孝敬妈妈。

有一天，妈妈生病了，半夜里，妈妈咳嗽得很厉害，叫我去倒杯水给她喝。我倒了点热水，怕太烫，又加了一点了凉开水，还喝了一口，温度正好。然后，我又去拿了一些药水和药片，给妈妈吃。妈妈怕麻烦，不想吃，说："会好的，没事！"我劝道："吃上些药片会好得更快！"妈妈听了我的话，吃了药，就睡了。第二天，妈妈好了许多，夸我是个懂事的孩子！

去年妈妈生日，我想送个礼物，但送什么呢，最后决定亲手做一碗面条给妈妈吃。我在外婆的帮助下，终于煮好了一碗面：首先倒点水，煮沸后，放入面条；起泡时，调成小火，开一下盖子，等气泡没有时，再盖上盖，调成大火，多弄几次，面条米黄色时，就可以捞起来了。我还烤了一点火腿肠，放进面条里。盐在水开的时候放，面条捞出来后放色拉油和醋，再放一大勺面汤，在锅里煮青菜，还是像面一样煮，捞出来后，拌一下，一碗美味的面条就做好了！妈妈夸我："都会做面条了，真棒！"

这个寒假里，我还为妈妈洗脚呢！我装了一大盆水，稍微烫一点，因为热一点对身体有好处，不容易感冒。我还找出妈妈泡茶后的玫瑰花干和茉莉花干放在水里泡。我洗好脚后，妈妈夸我真乖！我可开心了！

由此可见，孝顺长辈并不难，就算做的事再小，也是孝顺长辈的表现啦。

（指导教师：沈红霞）

母亲有泪

苟紫玫

我的母亲和别的母亲一样，从不轻易在我面前流泪，可有一次，我发现她流泪了。母亲有泪，落泪有痕，它流进了我的心里……

夜深了，我躺在床上，回想起刚才对她的言行，心中很不是滋味。其实想起来，她是站在爱我的角度上来考虑的，如果不是出于爱，她也不会……想起早上那浓浓的豆浆情，晚上那深深的看护爱，妈妈做得够了，真的够了。我心头一酸，想去给妈妈道歉，可又放不下脸面。哎，还是去吧，我去道歉，妈妈会原谅的。

我轻手轻脚地来到妈妈的卧室，灯还亮着，她会不会还在伤心呢？我轻轻地靠近门，听见里面妈妈在低低地抽泣着，我的头"嗡"地一下，一片空白。那么刚强的妈妈，怎么会……也许我做得太过分了，可确实是她没有征求我的同意，让我去参加座谈会的呀！要知道，那个时间是我课外读书的黄金时段，应该是属于我的……或许是意识到我在门外，"啪"的一声，母亲卧室里的灯灭了，我回到了房里，可耳边仍回响着那低低的哭泣声，这让我很为自己对妈妈的言行懊悔。

第二天一早，妈妈仍为我做好早餐，带着笑容送我去上学，仍对我叮嘱着她的"安全公约"，我此时真的不觉得烦了，相反，发现妈妈转身离去的背影原来很漂亮，很漂亮。

那天，我学得很认真，老师也夸我的学习态度在端正。其实，我是在默默地弥补我犯的错，妈妈，我错了，我一定会记住您的眼泪！

母亲流泪了，它是有痕的，那痕迹一直在我的心灵深处……

（指导教师：康林）

浪漫甜蜜的情人节

蒋思涵

"嘿，老公，你可知道今天是什么节日？"

"什么节日？"

"情人节啊！你要给我买什么礼物？"

"孩子都这么大了，还要礼物啊？"

"你……"

清晨，我还在蒙头大睡，就被爸妈的吵闹声给吵醒了。

我来到妈妈身旁："妈妈，什么事啊？"

妈妈把我拉到一旁，轻声说："今天是情人节，你爸爸竟然不给我买礼物！真是的……"

我一听，心里想：嗯，这可不行，我可不能让老爸破坏温馨的气氛！看来，我不亲自出马是不行的！

我蹑手蹑脚地来到爸爸身旁，用手轻轻碰了碰爸爸的胳膊，说："今天是情人节，你怎么不给妈妈买礼物！唉——你知道，老妈的'唠叨神功'可是很强的哩！"

"瞧你说的！我有那么笨吗？我只不过把惊喜延迟告诉她而已。过早了就没有惊喜了！"为了不让妈妈听见，爸爸神秘地对我说。

我一愣，呆傻了！没想到一向不苟言笑的爸爸还有这一招！于是我大赞："你可真棒！需要我帮助吗？"

"当然需要！你鬼点子多，先稳住妈妈再说。"说完之后，爸爸就像变戏法似的"变"出了三朵玫瑰，"西方人眼中，三朵玫瑰就是'I love you'，甜蜜吧！你再从下面往上看，各有三枚巧克力，'躺'在花束下面呢！"

我与爸爸开始对妈妈展开浪漫攻势。我跑到妈妈身边，故意数落爸爸：

"就是说嘛！爸爸最坏了，一点也不懂浪漫！……"我在妈妈面前使出浑身解数，让她以为没有惊喜了，这样，爸爸就可以让惊喜指数直线上升。

过了一会儿，爸爸进来了，没等老妈发话，便捧出三朵玫瑰，甜蜜地说："老婆，刚才都是我的错，经过深深反省后，我要来向您道歉。"老妈一听，心"扑"地软了下来，马上"阴"转"晴"，原谅了爸爸。那三朵花多么美丽啊——朵朵水灵灵的，沾着水珠，清秀、美丽。此刻，它们已经不是花了，是老爸对老妈真挚的爱。

"啊——"老妈惊喜地在花束底发现了三枚巧克力！它们有着精美的包装，散发着玫瑰的花香。老妈惬意地享受着巧克力，回味无穷。两朵红云已经飞上了她的脸颊，简直赛过玫瑰花了。

老妈对老爸的观点一下子变了，甚至想给他买礼物。她想，送什么好呢？于是拉来问我。我思考片刻后说："这个送礼嘛，得送老爸爱吃的！烟和酒用多了伤身，不好；要说老爸爱吃的，倒是可以送龙岩鼠肉干和台湾牛肉干。鼠肉干代表着事事成功，而牛肉干代表着更有牛劲，牛气冲天！"妈妈一想，也是啊！于是给老爸买礼物的方案就这么定下来了。

老爸送了礼物在客厅里休息，妈妈却不知从哪儿蹿出来，左手拿着包龙岩特产鼠肉干，右手拿着包牛肉干，举到老爸面前。噢，老爸开心无比，不住地向老妈道谢。

"对不起。早上都是我的错，不该让你买礼物。现在，这是我给你的道歉礼。"

"没事，一切都过去了。"爸爸一边啃着牛肉干一边说。

最后，他们在各自的手机上收到了一条情人节祝愿。那是谁发的？当然是超级无敌的"捣蛋鬼"我啦！这下，气氛更温馨啦！

啊，忘不了那年的2月14日，一个浪漫甜蜜的情人节！

（指导教师：张新兴）

141

第五部分 最美的语言

糙米茶

杨天玥

老爸有高血压，他每天都要吃好多好多的药，看得我和老妈特别心疼。老妈听说，有一种糙米茶，如果经常喝，对降低血压、调节血脂有特别好的效果。于是，老妈便去买了一袋糙米。

第二天一大早，妈妈就起床了，她把一张纸拿了出来，大声念道："先把八杯水烧好，然后，放进一袋米，盖上五分钟，把水倒出来，然后就可以喝了！"

第三天，天刚蒙蒙亮，我就起床了。我把昨天妈妈说的话牢牢记在了心里，又想了一遍，就拿出了一个杯子，量出了八杯水，倒入锅中。过了两分钟，水烧好了，我马上把引火器关了，又量了一杯米倒入锅中。把盖子盖上以后，我就坐在沙发上，等着五分钟过去。结果一分钟都不到，我就困了，有点想睡觉，天啊，现在才六点三十五分啊！

5分钟的时间，一直在等候的我却感觉好像过了五个小时。终于，我把盖子打开，一阵香味涌了上来，刚才的睡意一下子全没了。我连忙把糙米茶倒进热水壶里，又倒出了一杯，放在桌上。一看表六点四十五分了，我便冲进自己的房间，因为我知道爸爸马上就要起床了。

爸爸一进客厅，就看见了那杯正冒着热气的糙米茶，他马上回到房间查看情况，结果发现妈妈还在睡觉，我也还没有醒。我想到爸爸那副惊喜的模样，忍不住偷偷笑了起来。

爸爸开始喝了，我想象着爸爸喝着我亲手为他煮的糙米茶的样子，不禁又乐了起来。等我又睡了一会儿，起床的时候，看见有一张纸条，这样写道："谢谢有心人，糙米茶真好喝，还有一杯，留给我亲爱的女儿喝。"

我默默地喝着糙米茶，感觉它的味道更香醇了。

（指导教师：张玉微）

第六部分

月光下的野餐

　　突然，黄小米觉得自己不冷了，一瞬间温暖了好多。转头一看，是一只灰色的小老鼠抱着她正往家走呢。黄小米一下子茫然了，难道老天一定要置我于死地吗？一想到要成为老鼠的晚餐，黄小米的心都要碎了。

——孙羽佳《黄小米的奇妙之旅》

小鸭嘎嘎

郑一诺

144

　　小鸭嘎嘎住在美丽的银湖边，它得了一种怪病，身上雪白的羽毛都快掉光了，它伤心极了。它再也不能和朋友们一起出去玩了，经常孤零零地待在家里。

　　一天，小鸭嘎嘎去湖边散心，明净的湖水映出了它丑陋的样子，整个身上只剩下那么几根可怜的羽毛，它再不忍心看自己的影子。正当它坐在湖边唉声叹气的时候，一只老乌龟从湖里探出头来，问小鸭嘎嘎："小鸭子，你怎么不开心呀？"小鸭嘎嘎叹了口气说："乌龟爷爷，我太难看了，瞧身上的羽毛都快掉光了，我怎能不伤心呀！"老乌龟想了想，说："我倒有个办法。"小鸭嘎嘎听了，不以为然地说："乌龟爷爷，您能有什么办法呢！别寻我开心了！"

　　老乌龟从肚皮底下掏出一个精美的贝壳，说："小鸭子，你拿着这个贝壳，在一个阳光明媚的地方，说出自己的心愿，你的心愿就会立即实现的！"

　　"这是真的吗？"小鸭嘎嘎惊讶地接过贝壳，半信半疑地辞别了乌龟爷爷。它心想：要是乌龟爷爷说的是真的，那我的羽毛就有救了，我要让自己的羽毛恢复原貌！

　　小鸭嘎嘎来到一个公园里，这里阳光明媚，正是许愿的好地方。突然，小鸭嘎嘎看见一个残疾的小男孩坐在轮椅上正伤心地哭着，因为他不能和其他小朋友一起玩游戏，只能坐在轮椅上。

　　"这小男孩太可怜了！"小鸭嘎嘎捧起贝壳说，"我不要羽毛了，我要让这小男孩站起来！"话音刚落，奇迹出现了——随着一道光亮闪过，小男孩竟然从轮椅上跳了下来，他高兴地在公园里又蹦又跳。

这时候，另一个奇迹发生了：小鸭嘎嘎身上的羽毛重新长出来了，那些羽毛雪白雪白的，漂亮极了！

小鸭嘎嘎欣喜若狂，它有了世界上最漂亮的羽毛！它飞快地跑去向乌龟爷爷道谢。乌龟爷爷笑了笑说："不用谢我，是你的爱心换来了你的美丽！"

（指导教师：孙婷婷）

第六部分 月光下的野餐

小鸽子的邮递公司

梅雅茹

一天，小鸽子在《森林早报》上看到一则报道，上面写道：现在动物们邮寄物品很困难，希望有识之士能解决这一难题。小鸽子看完之后非常欣喜，心想：这不是一个绝好的商机吗？我何不发挥自己的特长，开一家邮递公司呢？

说干就干，经过几天的准备，小鸽子的邮递公司终于开张了。

每天，小鸽子早出晚归，风雨兼程，出没于大森林的各个角落，给小动物们传达亲人、朋友的信息和问候。小鸽子觉得生活很快乐。

有一天，小鸽子打开邮箱发现了一封奇怪的信件，这封信是要送到南极的企鹅那里的，这无疑是一项艰巨的任务。可是，客户的信件就是任务，自己无论如何都不能退缩。于是，小鸽子就毅然决然地出发了。一路上，渴了，喝点儿泉水；饿了，自己找虫子吃；累了，就随便找个地方休息一下，然后继续往南飞去。

飞呀飞，飞过无边无际干旱似火烤的大沙漠；飞过辽阔无边无处觅食的太平洋；飞过寒冷如刀割般的南极洲。终于，小鸽子历尽千难万险把信件送到了企鹅的手里。看到朋友送来的信件，企鹅高兴得"嘎嘎"直叫。小鸽子看到自己完成了任务，终于再也支持不住倒下了。企鹅们七手八脚把小鸽子抬进了自己的家，经过一段时间的静养，小鸽子终于恢复了体力，恢复了健康。然后，小鸽子告别企鹅踏上了返乡的路途。

不久，《地球日报》报道了小鸽子历尽千难万险给企鹅送信的英勇事迹，小鸽子不怕困难、坚持不懈、排除困难、处处为别人着想的精神感动了许许多多的小动物。不久，联合国授予小鸽子"友谊信使"的光荣称号。小鸽子的公司更火了。

（指导教师：吴印涛）

146

月光下的野餐

赵尔雅

今天是一年一度的森林狂欢节。为了庆祝这个盛大的节日，森林里的小动物们往往会举办一场同样盛大的森林野餐会。在这场野餐会上，来自森林各处的动物们都会带上自家最好吃的东西与大家一起分享。瞧，今年大家又带来了什么东西呢？哦，野猪大叔背来了满满一口袋橡果，那可是他家门口那棵最大的橡树上结的果子呢；猴子大婶带来了森林里最新鲜的香蕉；兔子阿姨带来了香喷喷的胡萝卜果酱……野餐会开始前的场面真是热闹极了，大家都在相互交流着，说着我家的石榴树结了几个果、你家的丝瓜开了几朵花……

和去年一样，小猪还是没有收到野餐会的邀请函。

大家都不喜欢小猪，不愿意和看上去傻乎乎的小猪一起玩。憨憨的小猪却很善良，它总是热心地帮助大家，关心大家。虽然小猪没有收到邀请函，但它还是觉得，应该把今年的红薯带给大家尝一尝。野餐会开始的前一天，小猪就把新鲜的红薯放到炉子里去烤了。第二天，小猪又把烤好的红薯一个一个小心翼翼地装到篮子里。小猪望着那香喷喷、热乎乎的烤红薯直流口水，但它还是忍住了。因为老师说过，好东西是要和大家一起分享的。

野餐会开始了，小猪找到了一个空位，盘腿坐了下来，冲大家热情地说："小松鼠、小兔子，快来尝尝我的烤红薯吧！"小兔子瞥了他一眼，又继续吃自己的胡萝卜馅饼。小猪又把烤红薯递到小松鼠面前，可小松鼠却不理它，只顾吃自己的烤松果。没办法，小猪只能自己吃着美味的烤红薯了。

在森林野餐会上，大家都很快乐。可没有人注意到，同样没有收到邀请函的狐狸正虎视眈眈地盯着它们带来的可口的食物。就在大家走来走去、互相举杯庆祝的时候，狡猾的狐狸偷偷拿走了许多食物。等到大家都回到自己的座位上时才发现，自己的东西被偷了！

"咦？我的草莓馅饼呢？"

"我的胡萝卜果酱也不见了！"

"我的水蜜桃汁丢了！"

……

咳，这可真扫兴，宴会才刚刚开始，大家只好准备空着肚子回家了！

这时，小猪叫住了垂头丧气的大伙儿，说："大家先别走！我这儿还有烤红薯呢！你们还没吃过呢！"

大家都很饿，于是便蜂拥到小猪那里，吃起烤红薯来。小动物们第一次觉得，原来小猪做的烤红薯这么好吃！小猪看到大家这么喜欢吃它做的烤红薯，也高兴地笑了。

这时，小兔子和小松鼠想起了刚才它们是怎么对待小猪的，便不好意思地低下了头，道歉说："真对不起，小猪。我们不该那么对你……"小猪不好意思地挠了挠头，说："没关系，没关系。只要大家喜欢吃我烤的红薯就好了！"说完，大家都笑了。

偷偷躲在树后面吃东西的狐狸也闻到了烤红薯的香味，馋得直流口水，便带着它偷来的食物，走到大家跟前，小声说："真对不起，刚才是我偷拿了大家的食物，我把东西都还给你们。请问，我能和你们一起吃烤红薯吗？"

"当然可以了！"小动物们都非常欢迎狐狸的加入。

在美丽的月光下，森林里所有的小伙伴们拉起了手儿，围成了一个大圆圈。它们唱啊，跳啊，真幸福！

（指导教师：赵洪艳）

狐狸的爱心

林晗磊

阳光洒满了小白兔家的花园，她在为去参加动物学校举办的演讲大赛做准备。每个学校只能派一名选手参赛，在兔学校里，小白兔被校长选中了，这可让她兴奋不已，为熟悉讲稿整个晚上都没睡好。

小白兔第一次参加这样的大型活动，早早地背上资料袋就上路啦！可走了一半，眼前出现了一个三岔口，这可把小白兔给急坏了。她拿起电话，啊？没信号，小白兔一屁股坐在了地上，哇哇大哭起来。这时，路过的狐狸听见了哭声，便停下车子，打开车窗探出头，问："小朋友你怎么了？"

小白兔泪流满面地说："我迷路了，我要去动物学校参加演讲大赛……呜呜呜……"

狐狸想：我要做个好人，改去从前的恶习！于是，他就亲切地说："小白兔，我家在动物学校旁，我带你去吧！"

149

狐狸带小白兔上了自己的红旗车，车启动了。小白兔连连道谢，狐狸心中第一次感到帮助别人是如此的快乐，脸上不禁露出灿烂的笑容。

狐狸戴上了老花镜，看着车上的导航仪，开着车飞快地驶向动物学校。

小白兔上场了，她凭着美妙的声音、生动的故事、真切的感情，博得了评委们的一致好评，得到了一等奖。小白兔望着观众席后排的狐狸，然后走上领奖台，深情地说："刚才我在路上迷路了，是狐狸帮助了我，我要把这个奖杯送给狐狸，是他的爱心鼓励了我！我的奖杯里有他的一份功劳……"

会场上顿时响起热烈的掌声，经久不息。

(指导教师：张新兴)

爱在兔年

王何馨

　　庚寅即逝，辛卯将至。话说大年三十，除夕之夜，家家户户张灯结彩，整个华夏大地沉浸在一片节日的喜庆之中。

　　热闹的气氛直冲云霄，传到了天庭，深深地吸引了月宫里的玉兔，她也想到人间来感受欢乐。于是，玉兔白芙蓉趁嫦娥姐姐不注意，悄悄地溜出了广寒宫。伴着漫天的飞雪，她缓缓地从空中降落。

　　不一会儿，白芙蓉来到一户富人家的窗台上。她定睛一看：只见窗户玻璃上贴着千姿百态的兔子图案，房檐下挂着许多大红灯笼；屋里的墙壁上镶嵌着精美的丹凤朝阳图，惟妙惟肖；天花板上悬挂着豪华的吊灯，将整个屋子照得富丽堂皇；屋中间的大理石桌上，堆放着许多山珍海味。旁边围坐着几个身着名贵服装的人，他们正一边享受着美味佳肴，一边高谈阔论，不时传来声声欢笑。

　　白芙蓉正看得入神，忽听一阵窸窸窣窣的声音，她回头一看，只见从屋外雪地里冒出两只长长的耳朵和一个圆圆的小脑袋。嗬！原来是一只可爱的小兔！这只小兔身上挂着许多苍耳，肚子瘪瘪的，显得疲惫不堪。她一步一步地挨近贴着新春联的朱漆大门，两只红红的大眼睛从门缝可怜巴巴地望着里面，她多么渴望得到一份食物啊！

　　小兔悄悄挤进门去。这时，坐在桌旁的那位穿金戴银的富婆发现了小兔。她立刻用手捂住鼻子尖叫起来："真讨厌！这么脏的畜生跑进家来了。"她脱下棉拖鞋砸向小兔，还吆喝着自家的大狼狗去咬她。可怜的小兔吓得像丢了魂似的，转身就跑。富婆在后面紧紧追赶，一不小心，她重重地摔倒在了地上，疼得"哎哟、哎哟"直叫。大狼狗却仍紧追不放。

　　白芙蓉见情势危急，赶忙拔出冰魄剑，拦住了大狼狗的去路，小兔才得以逃脱。

赶走了大狼狗，白芙蓉不禁叹息道："人间有些人虽富有，但缺少爱心。善有善报，恶有恶报。如果人们不爱护动物，将来是不会过上好日子的。"随后，白芙蓉运用"隐形寻觅大法"，去寻找那只刚刚逃脱的小兔。

终于，在远离城市的一个偏僻山村，白芙蓉发现了那只小兔。只见在昏黄的灯光下，小兔身上裹着一层厚厚的棉衣，静静地躺在一位憨厚农夫温暖的怀抱中。原来，小兔因饥寒交迫而昏迷了，幸亏被农夫发现并抱回了家。

慢慢地，小兔苏醒过来。她睁开了双眼，茫然地望着农夫夫妇俩。农夫的妻子赶忙拿来嫩嫩的胡萝卜，小兔津津有味地嚼着，真香啊！

吃了东西，小兔逐渐恢复了体力。这时，一群孩子跑来了，他们和小兔一起蹦啊跳啊，那欢快的笑声冲出了小屋，和着远近的鞭炮声，一起回荡在除夕的夜空中。

眼前的情景，令白芙蓉感动得热泪盈眶。她想：这些人虽然物质上贫穷一些，但他们拥有一颗金子般的心，他们对万物充满了爱。有了爱，便拥有了和谐，拥有了一切！

一道虹光，白芙蓉回到了广寒宫。她要告诉嫦娥姐姐自己的所见所闻，并让嫦娥姐姐派更多的玉兔姐妹，一同去人间播撒爱的种子，让这个世界变得更美、更温暖……

151

（指导教师：许德鸿）

第六部分 月光下的野餐

黄小米的奇妙之旅

孙羽佳

黄小米是小米家族的一员，她过着流浪的生活，她是一个孤儿。直到有一天，一只有力的大手把她和同伴们放到一盆清水里，然后为她们"洗澡"。那实在是太痒了，她们开始"咯咯"地笑。最后，黄小米和所有同伴被关到一口大锅里，温度让她们膨胀起来，一会儿就被盛到了碗里。

黄小米没想到，自己人生的新旅程就这样开始了……

当黄小米醒来时，她发现自己被扔在了垃圾桶里。她想：我怎么会在这儿？一定是人类不珍惜粮食，把我丢在如此肮脏的地方。唉！"谁知盘中餐，粒粒皆辛苦"。

黄小米非常失落，开始哀怨命运的不公，想起自己的流浪生活是那么美好，她真想当一只自由的流浪狗。

"狗！"她大叫起来，连忙翻滚一圈才化险为夷。原来有一只饥饿的小狗来找吃的，差点误伤了她。

这时，黄小米的情绪一落千丈，更糟糕的是，她心中充满了恐惧。天有不测风云，一只"叽叽喳喳"叫的小鸟又来找她的麻烦，黄小米害怕得不知所措。幸好风婆婆把她吹到了树枝上，她才没有成为小鸟的美餐。

夜晚，凉风习习。黄小米又冷又饿，她在思考明天该怎么办。

突然，黄小米觉得自己不冷了，一瞬间温暖了好多。转头一看，是一只灰色的小老鼠正抱着她往家走呢。黄小米一下茫然了，难道老天一定要置我于死地吗？一想到要成为老鼠的晚餐，黄小米的心都要碎了。

老鼠的家让黄小米大吃一惊。一切都是那么整洁，温暖的床、散发着奶酪香味的厨房……

天哪！一切都是如此完美，充满了家的味道。

小老鼠说："我叫小灰，我不会伤害你的，只想和你做朋友。虽然老鼠的名声不太好，但……我的心是真诚的。"

黄小米哭了，她被小灰打动了，毕竟她不用再流浪了。

黄小米爽快地答应了小灰。

如果有一天，你能看到一粒黄色的、面带微笑的小米，我敢肯定那一定是那个快乐的黄小米，因为她的心早就得到了爱的滋润。

（指导教师：李敏）

153

第六部分 月光下的野餐

卡尔救友记

郝昕冉

1.失去了朋友

我叫卡尔，是一只白色的小老鼠，而旁边这只灰老鼠，叫比克，是我的好朋友。我们现在要赶去蛇灵岛找一种可以变成人形的草，要知道因为这老鼠模样，我们差点被人打死，所以我们要去寻找草药。

"哇！蛇灵岛真美呀！"比克说。"是呀！"我赞叹道。眼前的蛇灵岛三面环山，一面靠水，岛中长满七色的彩花和青翠的绿草，美极了。可我们怎么也没有料到，这美丽的蛇灵岛中暗藏杀机。

"哎呀！"比克大声叫道。"怎么了？"我慌忙地问道。"没事，刚才踩到一个东西，绊了一下。"比克面红耳赤地说。"吓死我了，我还以为……啊！蛇！"我叫道。"怎么？蛇？"比克听了我的尖叫疑惑地扭过头去。"哗……"

154

比克被蛇咬后，昏迷不醒。我决定去蛇灵岛最北边的迷宫洞寻找能救活比克的百灵草。于是我准备了粮食和水，去了迷宫洞。

2．迷宫洞

我已经来到了迷宫洞洞口，"迷宫洞"三个血红的大字让我不寒而栗，但是为了昏迷不醒的比克，只有放胆一搏了。

走进洞中，曲折的弯道令我头昏脑涨。情急之下，我把粮食撒在了我走过的路上，就这样一边撒一边走。可走了一圈后，我却又绕到了我以前走的地方，粮食还都用光了。当时我真想放弃，可一想到比克，我又打起了十二分的精神来。突然，我想到了一个主意——走下边看不到全部迷宫，那就走上边。于是，我费力地爬上了围墙，终于看清了全部的迷宫。原来，顺着这个围墙一直往前走，就可以走出迷宫了。就这样，我一直往前走。终于，我走出去了。

3.可怕的溺水

走出迷宫之后，我还是没有找到百灵草，突然，一条小河拦住了我的去路。我想，百灵草也许在河对面吧，于是我决定游过河。就在这时，一个细小的声音叫住了我，我扭头一看，原来是我的同类———一只雪白的小老鼠。

我问她："请问你叫我有什么事呢？""我是萨雅。只想告诉你这是溺水河，不管什么东西下去都会沉到水底，所以我劝你不要过河。"那只名叫萨雅的小老鼠焦急地冲着我说。"呵呵，谢谢你的好意。但是只有过了这条河，才有可能找到百灵草来救我的朋友。"我似笑非笑地对她说。"我真是被你们的友谊感动了。既然这样，我会帮你渡过溺水河的。你现在先到我家休息一会儿吧。"萨雅平静地对我说。"好吧，也只有这样了。"于是，我跟随萨雅来到了她家。

4.寻找百灵果

"我来告诉你，那个，你看，那个百丈崖下面有两颗鲜果，名字叫百灵果，你只要吃了那两颗鲜果就可以过溺水河了。不过你要小心，如果掉下百丈崖，你的性命便不保。"在她的家中，萨雅对我说了这样的一番话。我对她说："我一定要找到百灵果，过了溺水河救比克。还有，谢谢你，再见！"萨雅也大声冲我说："再见！"

来到百丈崖，我把随身带着的铁手抓到一块比较坚硬的石头上，然后握着绳子滑了下去，可下滑了几百米，还没看到百灵果的影子。突然，我听到了"轰"的一声巨响，我掉了下去，原来铁手抓的那块石头松裂了，以至于我掉了下去。就在这千钧一发之际，长在崖上的古树救了我。当我爬上去时，突然发现两颗金光闪闪的果子。我立刻打了一个激灵，也许这就是百灵果，太好了，真是得来全不费工夫。我立刻摘了一个吃了下去，不错，再来一个。等等，不能吃，我要留给比克。突然我感到后背又热又痛。"啊！"我大叫一声，后背生出一双翅膀，于是我奋力地飞了上去。飞出了百丈崖，来到溺水河旁，我又扇动着翅膀飞了过去。

5.救朋友

来到溺水河对面，我仔细地找百灵草，突然一个全身翠绿顶端泛黄的小草印入了我的眼帘。好！应该就是它。

我拿上草飞到了比克那里，把草塞到比克嘴里。不一会儿，比克醒了，我赶忙把鲜果给了比克，比克吃下后，不一会儿也和我一样有了一双翅膀。虽然我们没有变成人，但我们有了翅膀，同时也考验了我们的友谊。

我和比克欢快地往家飞去。

（指导教师：韩咏梅）

鱼儿也得打着伞

杨雨舒

美丽的大海里，住着许多可爱的鱼儿，有美人鱼、血鹦鹉、鱼龙……他们天天一起做游戏，一起去学校，一起找贝壳，生活得无忧无虑。

一天，美人鱼和往常一样，早早地起了床，准备和血鹦鹉一起出去晨练。可她刚走出家门，"扑通"一声，一个香蕉皮正好落在她的头上。她正感到莫名其妙时，又一个牛奶瓶落在她的面前，差一点儿就又砸在她的头上了，美人鱼吓得出了一身冷汗。

美人鱼抬头一看，被眼前的景象惊呆了，原本碧蓝的海水已变得浑浊不清，四周漂浮着各种"暗器"，有啤酒瓶、破锅盖，还有各种各样的生活垃圾……稍不注意就会被这些"暗器"砸伤，美人鱼无心出去晨练了，她要赶快把这个重要的情况向市长汇报。

美人鱼凭着她轻盈的身体，巧妙地躲过各种"暗器"的偷袭，终于来到了市长的办公大楼。只见大楼前面已经鱼山鱼海了，有的鱼儿满脸都是血，有的鱼儿身体擦伤了好几处，有的鱼儿是爸爸妈妈扶着来的，还有的鱼儿是爷爷奶奶抱着来的……天啊，这些鱼儿，都是被海里突然出现的"暗器"所伤，来向市长诉苦的。

市长鱼龙先生看到这样的情景，非常痛心，马上召开紧急会议商量对策。

鱼龙先生说："今天早上，我们的周围突然出现很多从天而降的'暗器'，到现在为止，我已经接到受伤报告几十起。经过仔细观察，我发现这些'暗器'都是人类从海上的游船上扔下来的垃圾。大家想一想，有什么好办法可以尽快阻止我们的同类继续受到伤害呢？"市长的话音一落，会议室里马上传来了叽叽喳喳的讨论声。海马先生首先发表意见："为了使我们的同类少受伤害，我有一个办法，就是赶快赶制一批伞，出门的时候打着伞就不会被这些'暗器'伤到了。"

　　大家没有更好的解决办法，就采用了海马先生的建议，连夜赶制了一批伞。从此，鱼儿出门的时候就必须带上一把伞。为了方便，有的把伞绑在背上，有的把伞套在头上，有的把伞捆在身上。艰苦的日子就这样开始了，因为带着伞，鱼儿们出门更不方便了，特别是小鱼和年纪大的鱼，经常被沉重的伞拖累……

　　鱼儿们都叫苦连天。市长先生看见鱼儿们这样辛苦，又召开了第二次会议，商讨更好的对策。在大会上，鲤鱼大婶说："带着伞虽然不方便，但是不带伞更不方便。前两天，鲫鱼的孙子觉得麻烦，刚把伞扔掉，就被酒瓶砸伤了身子，现在还在医院躺着呢！大家还是忍忍吧。"年轻的美人鱼坚决反对，她说："这伞重得如钢铁一样，都把我压出皱纹来了，我再也受不了了！"她的话马上得到年轻鱼儿们的响应。看着鱼儿们七嘴八舌地争论不休，一直在旁边冷静观察的乌龟博士发言了："鱼儿们，大家说得都有道理，我们不可能永远带着伞过日子，为了我们的子子孙孙不用再带着伞出门，为了回到我们以前安居乐业的日子，我打算给人类发一份电子邮件，让人类不要再继续破坏我们的家园，还给我们平静的生活。"乌龟博士的话音一落，马上响起了热烈的掌声。

　　几天以后，人类所有的电脑上，都同时收到了乌龟博士从海里发来的电子邮件。人类震惊了，他们都为自己的不文明行为给鱼儿们带来的伤害感到自责，大家奔走相告，呼吁人类不要再给鱼儿们带来伤害，不要再肆意破坏水资源，不要再任意把垃圾扔到海里了。从此，人类再也不向海里乱扔垃圾了，海水又恢复了碧蓝碧蓝的颜色，海里又重新有了欢乐，鱼儿们出门再也不用打伞了。

（指导教师：林燕萍　郑慧玲）

木屋里的会议

吴欣然

在树林的一个小木屋里，动物们正在秘密地召开紧急会议——

"咳，汶川发生了8.0级大地震，死伤了好多人。"老虎司令一脸严肃，站在木桌上发言，"今天的会议主题是：大家同不同意为灾区捐出三亿动物币！"

一石激起千层浪，动物们议论纷纷，各种观点都有。

熊猫第一个发言："我认为应该捐！"它清了清嗓子接着说，"在这次汶川大地震中，中国的饲养员不顾自己的生命安危，奋力救出我们，我们应该报答他们！"

"什么？报答？应该是他们报答我们！"猴子早已按捺不住了，它气红了脸，气急败坏地跳上讲台，大叫起来："这么多年来，人类一直捕杀我们，想尽办法赚钱，什么野味餐馆，什么蒸活猴脑……简直惨不忍睹，人类杀害了我们多少好兄弟！"说到伤心处，猴子悲愤地流下了伤心的眼泪。

另外一只猴子也迫不及待地跳上了台，继续控诉道："我们是人类的祖先，有这样对待祖先的吗？我们伤害过人类吗？没有，从来没有！现在人类遭遇地震了，活该！我们一毛不拔，一分不捐！"

猴子激愤的情绪影响了好多动物，会场一片混乱。"安静！安静！"主持人狮子高声喊道，却难以控制嘈杂的局面。

"我同意熊猫的观点！"七匹狼高嚷着，"要说复仇，第一位应该是我们——狼。人类曾想把我们斩尽杀绝，还总把我们狼丑化为反面角色，什么'狼心狗肺'、'狼子野心'、'狼狈为奸'……连幼儿园的小朋友都恨我们。"台下一片寂静，狼首领接着说："但是，近几年，人类认识到了自己的错误，还把我们列入了国家保护动物范围，严惩偷猎者，还为我们建立了野生自然保护区。你们知道这一点就可以了。"

159

第六部分 月光下的野餐

话音未落，台下的长颈鹿、白鹤、藏羚羊、野马、犀牛都频频点头表示赞同。

老虎司令威严地说："兄弟们，我们应该看到人类的优点，不要计较过去，下面请大家举手来表决！"

三分之一的动物选择了弃权，当然还有三分之二的动物举双手赞成！

最后，这三亿元动物币全部捐给了四川震区的灾民。

灾区红十字会收到这笔捐款非常重视，他们迅速将这笔捐款用于修复熊猫基地，而剩下的资金建立了野生动物自然保护区和动物博物馆。

从此，人类与动物和谐相处。

（指导教师：赵长青）

追逐着爱

温成涛

森林中，传出了一声高过一声的欢呼，这是怎么了？发生了什么大事了？小猴记者一手持话筒，一手拿着笔记本随时准备记录。

刚踏进森林，震耳欲聋的响声压过了小猴的声音，透过屏幕只看到他张着嘴激动地说着什么。什么——兔子与乌龟的比赛即将举行？所有电视屏幕前的观众朋友们连衣服都没穿就直奔跑道。小鸭本就摇摆走路，速度一快，竟趴在了地上，他顾不上疼痛，尽力站起来。在森林大门前的小猴看得一清二楚，却踌躇不前……

再看比赛，小兔和乌龟精神焕发，都对这次比赛充满信心。"比赛分为三阶段：越荆棘，越河流，越高山。"话音一落，观众席上的小动物们都大吃一惊，森林居民谁不知道，那荆棘有害，不知夺走了多少鲜活生命，又有两个朋友要离开了；那河流"永不停歇"，小船也没办法通过啊；那高山"十多万丈"呢，似挺立于天地之间，怎能越过呢？刚刚还欢呼的动物们陷入了恐惧和悲伤之中，小兔和乌龟却毫不畏惧。

"预备——开始！"兔子似一阵风冲了出去，眨眼便到了荆棘之地。他望着几丈高的荆棘，硬着头皮走上锁链。虽说是锁链，还不如说是摇晃的绳子。这是当年爷爷和老龟在通过此处时修建的，一百多年了，都要断了。所有的动物都在锁链中落下再也起不来，想着想着，兔子没留神，一脚踩空，身子往后一仰，他吓得闭上了眼。咦？怎么回事？小兔眯着眼，一看是小乌龟用嘴叼着自己的毛呢！眼看就要上去了，小兔却抖了下身子，小乌龟跟着往前，小爪子却死命抓着铁链，猛一用力，上来了！两个对手彼此看了一眼对方，同时将手伸了出来，他们手拉手，并肩过了铁索。当他们到了第二个起跑线时，观众们却静得无声。一，二，三……十秒。"啊，哦耶！"小兔和小乌龟在欢呼。进行下场比赛——越河流！

河上有巨石，可以踩着跳过去，但是，石头年年被水冲刷，早已光滑不能立足了。小乌龟跑得慢，半天才到了河流，小兔子已经一步步跳到河中央了。小乌龟本想游过去，可低头望望河水，摇摇头。小兔子扭头看见，又跳了回去，驮上小乌龟一蹦一跳到了对岸。观众的欢呼声几乎把地都震动了。他们又在众多期盼下出发了！

越高山，可不是一件容易事。乌龟与兔子手拉手一起走，你扶我，我扶你，跑着过了那让动物们望而生畏的高山。

最终，他们和他们的先辈一样打成了平手。在观看者的祝贺中，小兔和小乌龟异口同声："我们是兄弟，刚刚是在追逐我们之间的友爱！"他们手握手举起了奖杯。这时，记者小猴低下头跑了出去，看到小鸭独自荡秋千，他忐忑不安地走了过去，小鸭也看到了小猴，他们拥抱，说："这是爱，确实是友爱，纯真的友爱。"

第二天，《森林日报》的头版头条——"你我追逐着爱"！森林陷入爱之中了。

(指导教师：蔡晓丹)

第七部分

含泪的微笑

这时，我好像被惊醒了一样，冒着风雪，又跑回老人那里。"老爷爷，曲别针卖给我！"我累地喘着粗气。"老爷爷。"我将手中的钱递给老人，"为什么你不卖十五元呢？别人都卖十五元的。"我问道。"它，不值那么多的。"老人憨厚地一笑，伴着漫天飞雪，老人的身躯越发显得高大。

——孙筱晗《摆地摊的老人》

让我怎样感谢你

唐　朝

"……我不知道你是谁，我却知道你为了谁……"听到熟悉的旋律又响起，我不由得想起生活中一个个这样的"你"。

每天早上起来打开奶箱的时候，总能看到一杯新鲜可口的牛奶。掀开杯盖，一股香甜钻入我心中。一个风疾雨骤的早晨，我以为喝不到牛奶了，可没想到打开奶箱，竟仍有一杯牛奶俏皮地立在那儿。啊，奶杯上还沾着几滴晶莹的雨滴呢！我仿佛看见送奶工正在挨家挨户送奶，雨水顺着帽檐，淌到脸上，可他只顾护着怀里的牛奶。送奶工，我虽不知你是谁，但你的这一形象已烙印在我心中，我感谢你！

164

我的内心深藏着一位素未谋面的导师——"单眼皮叔叔"，他是《小学生语文学习》的编辑。是他，发表了我的处女作《爱哭的老师》，还说我的作文把他感动了。他的评语给了我自信，使我爱上了语文。因为有了单眼皮叔叔，所以单眼皮的我不再羡慕大眼睛双眼皮的小姑娘。我多么渴望能见到单眼皮叔叔，和他交流畅谈一番啊。单眼皮叔叔，现在，我已在报刊上发表了四十篇作文，是你，引领我步入文学的神圣殿堂；是你，使我觉得自己不是沙砾，而是珍珠。我衷心感谢你，你听到我的心声了吗？

前段时间，我看到一则通讯报道——在如诗如画的青岛，有众多富有爱心的人，他们为危难的人们献出爱心，伸出援手，送去希望。他们做了无数好事，却只留下一个满腔热忱的名字——微尘！啊，微尘，你们就隐形在我们身边，默默奉献，如"润物细无声"的好雨，如"到死丝方尽"的春蚕。微尘，我感谢你们，你们的奉献精神在我的人生观上抹下了浓重的一笔，我会用爱心使自己也成为一粒"微尘"！

"让我怎样感谢你，当我走向你的时候，我原想收获一缕春风，你却给了我整个春天。"吟诵着汪国真的这首小诗，我眼前浮现着一个个"你"。让我怎样感谢你？我陷入了深深的沉思。我想：将我感受到的爱传递下去，让爱的火炬永不熄灭，这就是最好的"感谢"！

(指导教师：张俊)

第七部分 含泪的微笑

我心中的和谐家园

谢锟

家庭篇

"谢锟，还不过来帮忙！"妈妈招呼我说。"哎，来啦！"我应声而来，抓起案板上的黄瓜切起来。"什么味儿？好香啊！"我嗅了嗅，浓香扑鼻。上前一看，哇，红烧鲤鱼！我也不管烫不烫，抓起筷子夹块鱼肉就放入嘴里吃，顿时一声尖叫——"啊！"我被烫得"咬牙切齿"起来。妈妈觉得又好气又好笑，无奈地说："你这只馋猫呀！"

"开饭啦！"爸爸话音刚落，我孤身杀入"战场"——厨房，速度绝对不亚于刘翔，表妹也飞奔而来……一盘盘美味陆续上了桌，我们的胃口一下子被提了起来，筷子都不知往哪儿伸。突然，一块肉进了我的碗里。我忙说："谢谢爸爸！"爸爸欣慰地笑了，我也笑了，全家人都笑了。

邻里篇

"谢谢你啊！常过来玩！"杨奶奶笑盈盈地接过水果对我说。原来这天，我妈妈买回来许多水果，有苹果、西瓜还有梨，样样都惹人嘴馋！听说邻居家杨奶奶身体不好，妈妈每样选了几个叫我送去。我刚要拒绝，一想到杨奶奶平时对我的关爱，马上从妈妈手中接过水果来到杨奶奶家门口。我敲了敲门，大声说："杨奶奶，我给您送水果来了！"只见杨奶奶缓缓地开了门，她一见到我可高兴了，连声对我说"谢谢"，我心里也特别愉快。当我走出门，回头看见门联横批上的"和谐永存"，我笑了，这笑是甜的，是美的。

我不断地寻找、想象着心中的和谐家园，静心一想，家庭之间、邻里之间不正演绎着一幕幕感人的画面吗？

（指导教师：郑慧玲）

第七部分 含泪的微笑

体验盲人生活的梦

张锦豪

星期六，我和妈妈一起去公园散步，看到一群人围在那里，便拉着妈妈去凑热闹。我看到了一个盲人叔叔跪在那里乞讨，我就对那群人说："他是装的，大家不要帮他！"人们听了我的话都纷纷走开了。

第二天，我刚要起床，突然觉得眼前一片漆黑。"啊！天哪！我怎么看不见东西了呀！"我害怕地大叫起来。这时，从我耳边响起了一个声音："活该！谁叫你没有爱心，连盲人叔叔都不帮！我要让你也体验一下当盲人的感受！"说完，声音就消失了。

"妈妈，妈妈！"我又叫了起来，可是妈妈不在家。妈妈去哪儿了呢？我的衣服呢？我怎么去上学呀！我只好自己摸索着找来找去。终于，我找到了衣服和裤子穿了起来。接着，我骨碌一下跳下了床，磕磕碰碰地背起书包要去上学，可是门跑哪儿去了？怎么门都找不到了呀！

等我终于找到了门，可是又怎么到学校里去呢？对了，坐出租车吧！

我摸索着下楼，来到小区门口，心里正想着怎么拦车，突然感觉到有人推了推我，然后响起一个阿姨的声音："小朋友，能扶我过马路吗？"原来，这位阿姨也是盲人，做盲人真不容易呀，我一定要帮助她！于是，我不假思索地答应道："好的，阿姨，这条路我很熟悉，跟我来吧。"

我扶着阿姨，小心翼翼地穿过马路，我耳边不时地响起刺耳的汽车喇叭声，可是我一点也不害怕，我想：一定要把阿姨送到对面去。终于把阿姨送到对面了，阿姨感激地说："谢谢你！小朋友，好人会有好报的！"

这时，一道光芒射入我的眼睛，啊，我的眼睛又恢复光明了！我高兴得又叫又跳："太好了！我又能看见这个美丽的世界了……"

这时，一阵闹铃声把我惊醒了，原来这是一场梦！好奇怪的梦呀！

我看看房间四周，温暖的阳光已经照射在我的窗台上。我突然觉得这不是梦，对了，今天刚好是星期天，我要赶紧起床，或许马路上真的有盲人阿姨需要我帮忙呢！

于是，我穿好衣服，以最快的速度冲出了房间……

（指导教师：章晓月）

第七部分 含泪的微笑

狗妈妈和它的孩子们

赵尔雅

爱，是所有动物都具备的一种温暖的天性，有亲人之间的亲情，有朋友之间的友情，还有最吸引人的爱情。就像牛妈妈会一直守在刚出生的小牛犊身旁一样，就像人会为了朋友两肋插刀一样，就像白发苍苍的老夫妻依然会互相搀扶着走向远方一样……

人与人之间的爱是伟大的，但动物与动物之间感情的深度，是完全不亚于人类的。有时候，母羊为了保护刚出生的小羊能躲避狼群的袭击，甘心让自己被狼群吃掉；母猴很多年后遇到了失散多年被抓进马戏团的小猴，会一天到晚形影不离地陪伴着它；被老虎吃掉小牛犊的母牛，终日都会站在孩子被害的地方，等待着报仇的机会，最后它会由于精神的压力把牛角一下子插进悬崖峭壁！

在母性动物的哺乳期，千万不要去招惹它，更不要去招惹它的孩子们，这可是真理！姥姥家的母狗就是这样。最近，它生了一窝小狗崽，一共三只，都是黄色的，它们的背上各有一条花纹，可爱极了。可自从我偶然一次从狗窝口看到三只小狗崽之后，就再也没敢走近过它们。你一走近狗窝，狗妈妈就会冲你彪悍地龇着牙"嗷嗷"叫，即使对主人也是这样，更别说对陌生人了。它一天到晚几乎不吃饭，只顾守在狗窝旁，隔一会儿就去给小狗喂一次奶。我和表妹都很想看一看小狗是什么样的，便拿一根火腿肠去引诱它。我把火腿肠在狗妈妈面前晃来晃去，而一心只想着自己的狗宝宝的狗妈妈却一点不为之所动，反而鼻孔"哧"了一声，并喉咙低沉地吼着，在警告我不要趁它吃东西时偷走它的孩子。

为了看看小狗崽，我和表妹还用了美食诱惑、转移注意力、请主人制服等好多办法，而狗妈妈却一直寸步不离孩子。这天，我们又请了狗妈妈的最亲密的主人——姥爷来，想方设法引开母狗，抱出小狗崽。这次，姥爷拿了

170

一块熟牛肉举在母狗头顶上，而狗妈妈不屑地望了一眼，继续耸着耳朵观察情况。姥爷坚持引诱着，想让它跳起来，最后，母狗终于不耐烦地站立了起来，装了装样子。趁这工夫，姥姥把三只小狗抱到了客厅里，它们三个蜷成三个小肉球挤作一团，半睁着眼睛，四条小腿抽动着，好像是在找妈妈。

这时，母狗也已经发现了不对劲，它飞快地钻进窝里，它的宝宝不见了！它生气极了，"汪汪"地大声叫着，把拴在脖子上的细铁链给拽直了，向着四周狂吠，想要跑进客厅把狗宝宝们一个一个叼回来。表弟也来到了客厅看小狗崽，过了半个小时才把小狗狗们送回妈妈身旁，而这时，母狗还在狂吠着。一看到它的宝宝们，便叫得更厉害了。直到姥爷把小狗们放在它的身边吃奶，它才停止了吠叫。它眼睛闪闪的，高兴又伤感地注视着孩子们，没有再理会我们这些偷它孩子的"强盗"。眼睛里流露出的，是充满母爱的慈祥与温柔。

深夜，我和表妹偷偷地拿着手电筒，朝狗窝里照去：三只小狗崽睡得正香甜，在旁边守卫着的，是它们的妈妈——像每一位妈妈一样伟大的狗妈妈。

（指导教师：赵洪艳）

171

第七部分 含泪的微笑

雪中情

肖 童

在钱夹的最里面，放着两枚银光闪闪的硬币。在这微弱的光芒里，我隐隐约约地看到了……

漫天飞雪，天地间茫茫一片。万物银装素裹，美丽而圣洁。

在那纷纷扬扬的大雪中，不远处，我模糊地看见了电线杆子旁站着一个打着伞的人。好奇心使我走近了一些，我才看清楚那原来是一位穿着军袄的老爷爷，他手里正打着一把伞，伞的支架有许多根断了，伞上面也没有美丽的图案，只有几颗黄色的五角星。"小朋友，买点苹果啊？这苹果又大又甜，还挺面。""啊？噢！"我没反应过来，便胡乱地答应了。然而老爷爷却当了真。

他收起了那把破碎的伞，两只皮包骨头的手，相互使劲地搓了搓，然后捂在脸上，希望能热乎些。过了一会儿，他才把手从脸上拿开："小朋友等急了吧！这天太冷了，这手都冻得没有知觉了。"这时我才注意到他的手冻得通红，在这么冷的天他竟然没有戴手套！"没关系！没关系的！"我忙答道。

"冻死我了！"刚才没顾得上想这些，现在缓过来，才真正感到雪的寒冷，我忙动起来，让身体感到一丝温暖。"怎么，小朋友冷吧！"老爷爷一边关切地询问我，一边用他那红红的手为我挑着苹果。"这冬天就得多穿点！""哎呀，这……"话未说完就又止住了。我打量着自己：头顶上戴着帽子，脸上戴着口罩，脖子上围着围巾，身上穿着羽绒服和暖和的靴裤，脚上还穿着靴子，手上还戴着妈妈刚给织的手套，而打着的也是新买的小熊维尼的伞。这和老爷爷比起来，可够幸福的了。我便安静地在一边跺着脚等待着。

"看这苹果，又大又红，你瞧这苹果还有黄的呢！这天，黄的可少见了。这些够了吧？""够了。"我看见他挑了将近半袋苹果，赶忙说。只见他把挑的这些苹果，放到秤上，称了一下："五斤十元！"我翻了翻钱夹，没有发现十元，只有一张二十元的，便掏出来递给了老爷爷，让他帮忙找一下。老爷爷接过钱放进他的包里："给你一张五块的，四块，哦，这个是一块，刚才有一个人给钱给我的。他说这一叠毛票是一块，我看他人实在，就没打开看。""哦。"我接过钱，不太好意思打开看够不够一块，再说，我也相信这位老爷爷，便没打开，直接把它放进了钱夹里。

　　我把钱夹收好，接过老爷爷递给的苹果，礼貌地说了声再见，便走了。因为这天实在是太冷，已经在外面冻了半天，手脚冰凉冰凉的。我一路小跑回到家中，躺在自己的床上。这时我想起了那叠起的一块钱，好奇心让我打开钱夹，拿出了那叠钱。我迫不及待地打开，却发现里面夹着两枚硬币，这一共是三块钱，值一斤苹果啊！这时，我的脑海里不由得浮现出了老爷爷在大雪中打着一把破烂的伞的情形。"不行，我一定要送回去！"不知为什么，一股奇异的力量使我拿起多找的两元钱冲出门外。

　　寒风呜呜地刮着，雪安静地下着，遍地白色。然而，我奔跑在这洁白的街道上，却没有心情观看这景色。当我跑到老爷爷卖苹果的地方，上气不接下气的时候，却发现老爷爷已经推着他的车走了，茫茫天地间只剩下我一个人和手中那两枚硬币。

　　这件事虽说已经过去好久了，但每当看见这两枚硬币时，都会唤起我内心深处的记忆。

　　　　　　　　　　　　　　　　（指导教师：杨晓辉）

第七部分　含泪的微笑

火车遇爱

赵奕安

　　炽热的阳光炙烤着地面，一股又一股的热风向正要去火车站的我和妈妈吹来。

　　因为放暑假了，我们要回山西老家，而爸爸又不在家，我们挤了半天才挤上了火车，但火车上已经没有座位了。

　　正在我们沮丧时，一个穿着白衬衫大约三十岁的男人向我们走了过来，对我妈妈说："大姐，您带着孩子到我那里去吧，我中途就下车了，用不着这个卧铺了。"虽然这个陌生人对我们比较友好，但妈妈以前跟我讲过，要防范陌生人，所以我还是有些顾虑。

　　这一夜，我没有睡觉，一直注意着那个人的动向。但是我发现：这个人一直坐在座位上，不停地打着哈欠，过了一会儿，他竟睡着了。原来，他也想睡，但他为了让我们睡好，所以让给了我们。

　　第二天七点多钟，我从床上跳了下来，妈妈也被我给吵醒了，让我跟她去买饭。我们惊奇地发现，桌子上已经摆好了两份饭。原来，这是那位陌生的叔叔给我们买的饭。

　　吃完了饭，我和妈妈在火车上找那位叔叔，因为妈妈想感谢他一下，再把他给我们买饭花的钱还给他。可是，那位叔叔在哪里？

　　找了一上午，我们也没有找到那位叔叔。这时，我忽然想起了那位叔叔说的"我中途就下车了"那句话，会不会他已经下车了？我赶紧问妈妈。妈妈说："有可能。他说那句话的时候非常肯定。"

　　如果没有意外发生的话，再有两个小时，我们就可以到达山西了。我们在整理行李，随时准备下车。突然我们发现，那位陌生的叔叔竟还在车上。

　　又过了一个多小时，火车停了下来，山西到了。我们费力地拎着两大包行李下了车。这时，那位叔叔出现在了我们的视线里。我说："这是因为叔

174

叔怕我们给他钱，做好事是不求回报的嘛。"妈妈赶紧道谢，硬塞给了叔叔二十元钱。叔叔不好推让，只好收了下来。

这位叔叔帮我们拿着行李，直到找到了出租车。妈妈又赶紧道谢，我也很感动，所以我也赶紧向那位叔叔道谢。

下了出租车，到了小区里，我们看见行李箱侧袋有二十元钱。

（指导教师：杨晓辉）

175

第七部分 含泪的微笑

暖 流

庞诗丹

一个赤日炎炎的夏天，火辣辣的太阳烤着大地。妈妈十二点半下班，忙着烧饭，见家里的菜不多了，就让我去买一些菜。我提着空篮子在空荡荡的菜市场上走着。突然，我发现了一个卖白菜的摊子。

摆摊的是一位老爷爷，穿着短袖，手里拿着一把扇子，他头发全都白了，皱纹布满了他的脸。我跑了过去，爷爷见我朝这边过来，便放下扇子，站了起来，高兴地说："小朋友买菜啊？"我点了点头。

我低头看着那些白菜，菜虫在菜叶上爬来爬去，菜叶上一个洞一个洞的。我犹豫了，盯着那些菜看。老爷爷看出来了，便蹲了下去，仔细地挑，他边挑边说："我的菜本来卖七角一斤，现在就卖五角吧！这几天阴雨连绵，种一点菜不容易，有菜虫又不敢喷杀虫剂，怕你们吃坏了肚子。"

老爷爷挑菜的时候是那样仔细，那样真诚。这让我想起了一本书里写的：一个买菜的人，想看一下菜有什么问题，却被卖菜人阻止了，付完钱后，才发现菜一半是烂的。

此时此景，我感慨万千：那个小贩为了赚钱不择手段，而这位老爷爷却是脚踏实地地赚钱，而且他要价公平，为人真诚。同样是卖菜的，为什么却有天壤之别？我思索了很久，忽然之间明白过来，原来这位老爷爷有一颗善良的心。这种淳朴让他脚踏实地、公平地做买卖，这种举动不正是我们所需要的吗？

此时此刻，我感到有一股暖流涌遍了全身，我愿这股暖流永驻人间。

（指导教师：宋东平）

帮助别人快乐自己

朱桂花

"感恩的心，感谢有你，伴我一生，让我有勇气做我自己……"每次听到这首让人感动不已的歌时，我的眼前都会闪现出一双双爱心的手缝合的一个个美丽的梦，他们的手上写满了对爱的奉献，写满了真诚与无私。

老师的手能引领我们在知识的海洋里遨游；朋友的手能在我最困难时给予我勇气和力量；父母的手能哺育着子女们健康成长。而我的手呢？我的手也能为别人做一些力所能及的事，也能为他人献出自己小小的爱心。

记得那是一个烈日炎炎的下午，火辣辣的阳光毫不留情地炙烤着大地，柳树没精打采地耷拉着脑袋。风儿不知道躲到哪去了，到处都是热的，柳树上的知了也拉长了噪音拼命地叫着："受不了，受不了……"我正在校园树荫下跟几个同学玩跳皮筋，就在我玩得正开心时，大约离我三四米处传来了一个小妹妹的哭声。我急忙扭头循声望去——只见一个小妹妹趴在地上，正看着前方那位撞倒她的初中生大哥哥，号啕大哭呢！我扔下皮筋，三步并作两步地走了过去。但出乎意料的是那位大哥哥竟然转过头来两眼珠子瞪得滚圆，像熊熊燃烧的火焰，一副怒气冲天无法遏制的样子，凶巴巴地对小妹妹说："你没长眼睛啊？瞎子呀！"我站在一旁咬牙切齿狠狠地瞪了那位大哥哥一眼，心想：做了错事你还有理了，初中的学生怎么品德这么差，这么多年的学白上了！

这时许多同学都围了过来，眼睛直盯着那位大哥哥议论起来，而那位大哥哥却毫不在意地瞟了他们一眼，转身就跑向教学楼。我连忙双手扶起被撞倒在地的小妹妹，然后又用手拍了拍她身上的土，她边擦眼泪边哭哭啼啼地说："谢谢……姐姐……"我笑盈盈地说："不用谢，别哭了，快回班级

177

第七部分 含泪的微笑

吧！"小妹妹用手擦了擦泪抽噎着，那双宛如两潭秋水的眼睛看着我。望着那位素不相识三步两回头的小妹妹的背影，我思绪万千。

生活中，对于他人，我们每一个人都应该多一些温暖与关怀，少一些冷漠与伤害，哪怕是一句鼓励的话语，一声温馨的问候，一把轻轻的搀扶。虽然这些都微不足道，但是只要人人都有颗宽容、善良的心，生活将变得更加美好！

（指导教师：郑全胜）

大爱无疆

李　祎

清明节，在这个缅怀先烈的日子，我们一家来到了华东烈士陵园，祭奠长眠于此的革命先烈的英灵。

一进门，是一条宽阔的大道，大道两边一排排的松树矗立着，遒劲挺拔，像一个个卫士守卫着陵园。

首先，我们瞻仰了革命烈士纪念堂。

大家自觉地排好队，进了正门，周恩来总理亲笔书写的"革命烈士永垂不朽"八个烫金大字浮现在眼前。走在回形长廊中，看着墙上镌刻着的无数密密麻麻的革命烈士的名字，心中不由得温暖了起来。古往今来，有多少革命先烈、仁人志士，为了民族的解放和国家的富强，在硝烟弥漫的战场上英勇战斗，直到流尽最后一滴血，永远长眠在我们脚下的这片热土上。先烈们，是你们用热血谱写出生命中最辉煌的篇章，是你们用生命筑成民族的屏障。

参观完革命烈士纪念堂，我们来到了抗日战争纪念馆。

在抗日战争纪念馆中，我不禁想起了"红嫂"的光辉事迹，仿佛到了那个硝烟弥漫的战争年代。1941年，日军对沂蒙山区进行疯狂的大扫荡。一个年轻的小战士身负重伤，"红嫂"不顾个人及家人的安危，将小战士藏起，并机智地将日军骗走。看着浑身是血昏迷中喊渴的小战士，她毫不犹豫地将自己的乳汁挤入小战士的口中。家境贫寒的她还杀了两只母鸡，给小战士补身子。可是，为了保护小战士，"红嫂"及其家人却受到了敌人的摧残。望着"沂蒙六姐妹"的雕塑，我想起了大家耳熟能详的她们的事迹。当年一听说要打仗，六姐妹就发动全村男女老少给部队帮忙。战斗期间，炮声隆隆，六姐妹一天只吃一顿饭，几乎通宵达旦地工作。她们一共运子弹二十四箱，烧柴七百多斤，洗了八百多身衣服，做了三百多双鞋，加工了五千多斤粮

179

第七部分　含泪的微笑

食。她们还为战士唱歌，鼓舞士气。硝烟弥漫的战场上，穿梭着她们的身影，抗战支前的路上，响彻她们的歌声。鱼水情深，血浓于水，是军民共同的努力才取得了抗战的辉煌成就。

走出抗日战争纪念馆北行，我们就来到了烈士墓。

站在烈士墓前，我们心潮起伏，思绪万千。刘炎、张元寿、罗炳辉、陈明、王麓水、汉斯·希伯……他们的精神将永垂不朽！

最后，我们瞻仰了革命烈士纪念塔，它雄浑挺拔，塔身上是毛泽东主席的亲笔题词："革命烈士纪念塔"。塔身四周，镌刻着朱德、陈毅的亲笔题词："为了这个战争而死是光荣的"、"浩气长存"。巍巍丰碑，将永远铭记着我们乃至世世代代对革命先烈的思念和缅怀。

在抗日战争期间，成千上万的优秀华夏儿女，为了深爱的土地不被践踏、为了挚爱的人民不被欺侮，他们效命疆场、马革裹尸。烈士伟绩，浩气凌云，令蒙山低头，令沂水啜泣。烈士的英名将与日月同辉，与山河同在！

（指导教师：孙伟）

我家的幸福之花

尹　明

　　妈妈办了一个小饭桌，名字叫"帅帅"小饭桌，因为我的小名叫帅帅。我们"帅帅"小饭桌的成员越来越多了，我总是忍不住问新来的小朋友，为什么那么多小饭桌，你们就选我家呢？他们都回答，听说你们家的小饭桌开满了幸福之花。

　　如果你感到奇怪，且听我慢慢道来。

美食之花

　　我的妈妈特别喜欢做饭，而且特别会做饭。我和爸爸都被她"饲养"得健康壮实。谁吃了妈妈的饭都夸好。你瞧，午饭后，小远哥哥在帮妈妈扫地，妈妈拿着一个肉包子塞进小远哥哥的嘴里。小远哥哥吃完，咂摸着嘴说："真好吃！都第六个了！"

　　妈妈还会做汉堡呢！她到书店查找资料，上网搜索，还到肯德基、麦当劳去当"奸细"呢！最后发挥自己的想象，发明了"帅帅小汉堡"：新鲜面包+诱人鸡排+美味沙拉酱+绿油油的生菜。小朋友们一到吃汉堡那天，个个肚子溜圆。饭量不大的小女生也会吃得一干二净。

　　令人垂涎欲滴的美食数不胜数：寿司、薯条、鸡腿、沙拉……
小朋友们个个吃得乐开了花。

学习之花

　　有几个小朋友全托在我家，妈妈不仅管吃饭，还非常关注他们的学习。

 181

小妹妹田格华，学习成绩总是不太理想，妈妈每天都会仔细检查她的作业。粗心的让她自己发现自己解决，不会的就一遍又一遍地进行讲解，最后再举一反三出一些类似题目让她巩固。功夫不负有心人，田格华的学习成绩犹如芝麻开花——节节高。

而妈妈，也把小学教材研究了个遍，都快成半个老师啦！谁不会书上的题，妈妈都能讲个一二三。

感动之花

每年母亲节，妈妈总会带领小朋友们亲手给各自的妈妈制作礼物。小朋友们可热闹了！有的写信倾吐自己的心声，有的贴上自己的成绩单向妈妈报喜，还有的亲手做一个像自己的布偶，以便能陪伴着妈妈。刘晓宇创作了一幅儿童画，画上是一幅动人的母子图，旁边题字：妈妈，感谢您给了我生命！他的妈妈收到特殊的礼物后，第二天专程送来一个大果篮向我的妈妈表示感谢。她说："孩子长这么大了，第一次给我送礼物。"那一刻，我看到两位妈妈都流下了激动的泪花。

流感时，妈妈给家长发短信交流预防方法；下雪时，妈妈会提醒大家加衣保暖，小心摔跤；考试前，妈妈会嘱咐大家认真答卷，仔细检查；开学前，妈妈又会送上温馨提示，让小朋友早睡早起，提早进入开学状态……

我家的小饭桌开满幸福之花，小朋友们幸福着，我也幸福着！因为，我不仅有这么多伙伴陪我一起成长，还有一个能为别人带来幸福的妈妈！

妈妈，我为你骄傲！

（指导教师：赵洪艳）

含泪的微笑

吴　杨

　　听妈妈说，这幢楼的底楼住着一位七十多岁的老人，大家都管她叫"章老太"。章老太似乎从来都不出门，也从不与别人说话，总是坐在院子里，望着一堆杂乱的野藤发呆，从日出到日落，天天如此……

　　我很惧怕她，自然也不敢接近她那爬满野藤的屋子。每天放学回家，我总是做贼似的从章老太的门口溜过，真害怕她突然伸出手来抓我。好几夜，我总是梦见章老太张牙舞爪地向我扑来，面目狰狞。我怀疑，在这眼花缭乱的世界里，章老太莫非是一件"出土文物"？

　　今天放学回家，我刚在楼道里停完车，又放肆地让车铃撒下一串悦耳的歌声。谁知，章老太的门竟"吱呀"一声开了，从门内探出一张灰黄的脸来。我的心一缩，天哪，这是一张怎样的脸哪！一道道纵横交错的皱纹布满了核桃壳似的脸，一双浑浊的眼睛呆呆地望着我，还有那被风扯乱的白发。她的嘴唇嚅动了两下，喃喃地说："不是……"说着又关上那扇沉重的门。不是？不是什么？我愣住了。不知道为什么，我并没有想象中那样惧怕她，反而对她产生了一种怜悯。她那蹒跚的身影中似乎隐藏着什么。

　　以后每次回家，一听到我的铃声，章老太的门一准"吱呀"着打开，章老太一准探出头来，继而又摇摇头，自语道："唉，不是……"一天天过去了，天天如此。偶然一次听别人说，章老太一直独身，养子养女成人后都弃她而去，连她平时最疼爱的小孙女也不愿意再进她那阴幽的矮门了。她的孙女有一辆自行车，是章老太攒足了两年的养老金买的。以往孙女一到楼下，就使劲按铃，章老太乐得像过年似的笑脸相迎。我忽然明白了，也许这铃声同我的一样悦耳，我实在不该这样残忍地惹一个孤寡老人一次又一次地失望，我也终于明白了"不是"这两字背后的辛酸……

　　无奈，我还是改不了停车后按铃的习惯，尽管声音很轻，章老太还是会探出头来，那满怀希望的目光刺得我心痛，我友好地朝她笑了笑，她似乎吃了一惊，竟滴出一滴眼泪来。"奶奶……"我脱口而出。她笑了，含着泪笑了，像一朵秋风中的菊花。

以后每一次回家，我都按按铃，待章老太出来，向她问候一声，章老太的目光也渐渐温和起来，浑浊的眼睛里闪烁着晶莹的泪花，温柔地对我笑着。

忽然有一天，铃声响过以后，不见章老太开门，后来的几天都是如此，即使我使劲按铃也没有用，每次我只能带着失望和惋惜从那里走过。又过了一些日子，噩耗传来了，章老太走了，是坐在藤椅上走的，当时旁边没有一个人。我难过极了，她走得那么无声无息，留给我唯一的记忆就是那含泪的微笑。

（指导教师：包慧）